Profil BAC
ŒUVRE & PARCOURS

1re générale
BAC FRANÇAIS

W0399733

Balzac

LA PEAU DE CHAGRIN

Les romans de l'énergie : création et destruction

Florian Pennanech
Professeur agrégé de lettres modernes

© Hatier, Paris 2022 - ISBN 978-2-401-08636-4

Hatier

SOMMAIRE

4 Répondre à des questions de **grammaire**

FICHES

5 Analyser le thème du **parcours** : « Les romans de l'énergie : création et destruction »

FICHES

6 Traiter des sujets de **dissertation**

FICHES

Édition : Claire Dupuis
Correction : Danièle Bouilly
Iconographie : Hatier illustration
Conception de la maquette : Frédéric Jély
Mise en page : APS-ie

La fiche *Profil*

La Peau de chagrin, publié en 1831, est un des tout premiers romans à faire partie de La Comédie humaine, de Balzac. Sous l'apparence d'un conte fantastique, ce roman propose une réflexion sur les désirs et les espoirs de la jeunesse à une époque qui ne lui offre aucune perspective.

Sur cette gravure d'Adrien Moreau (1843-1906), l'antiquaire révèle à Raphaël le secret de la Peau de chagrin. Elle accomplira tous ses désirs, mais réduira à chaque fois son espérance de vie.

I La structure de l'œuvre

1 « Le Talisman »

La première partie raconte comment Raphaël trouve la Peau de chagrin.

- Fin octobre 1830, Raphaël de Valentin est sur le point de se suicider. Il découvre chez un antiquaire une peau magique qui réalise tous les désirs, mais rétrécit à chaque vœu formulé, écourtant ainsi la vie de son possesseur.
- Raphaël fait le vœu d'un dîner « royalement splendide ». Il rencontre alors trois amis qu'il accompagne pour une soirée d'ivresse.

2 « La Femme sans cœur »

La deuxième partie constitue un retour en arrière raconté par Raphaël.

- Raphaël voulait d'abord se consacrer à l'étude pour écrire une œuvre qui lui apporte la célébrité. En 1826, il a loué une chambre pour travailler à son œuvre. Il a rencontré Pauline, secrètement amoureuse de lui.
- Mais, au bout de trois ans, il est tombé amoureux de la comtesse Fœdora. Au désespoir quand elle l'a repoussé, il a alors sombré dans la débauche et s'est endetté.
- Son récit terminé, Raphaël apprend qu'il vient de toucher l'héritage d'un oncle éloigné. Il comprend que la Peau de chagrin est un piège mortel.

3 « L'Agonie »

Cette dernière partie narre les efforts de Raphaël pour se débarrasser de la Peau.

- Il retrouve Pauline, devenue riche. Ils vivent heureux, mais la Peau de chagrin rétrécit toujours.
- Raphaël consulte des savants et des médecins, tente de jeter la Peau, de s'isoler… Il finit par mourir dans un dernier accès de désir pour Pauline.

À NOTER
Un **épilogue** conclut le roman en évoquant poétiquement Pauline, qui a sombré dans la folie, et Fœdora, qui continue à briller en société.

II Les personnages principaux

1 Raphaël de Valentin

- Raphaël de Valentin est le héros du roman et le narrateur de la partie centrale. Il se retrouve orphelin à l'âge de vingt-deux ans.
- Il mène d'abord une existence austère dédiée à l'écriture de son œuvre, puis tombe dans la débauche, révélant son caractère faible et influençable.

2 Les personnages féminins

- La mère de Pauline Gaudin tient l'hôtel où Raphaël réside. Généreuse et sensible, Pauline est d'emblée amoureuse de Raphaël, qui n'éprouve de sentiments amoureux envers elle que lorsqu'elle devient riche.
- Raphaël est irrésistiblement attiré par la comtesse Fœdora. Froide et indifférente, elle le repousse.

3 Les personnages masculins

- Le vieil antiquaire remet la Peau de chagrin à Raphaël, mais le met en garde contre son pouvoir.
- Eugène de Rastignac incite Raphaël à la dépense et à la débauche.

> **MOT-CLÉ**
> Rastignac est un **personnage reparaissant** (personnage de Balzac qui revient d'un livre à l'autre → p. 14) : dans *La Comédie humaine*, ensemble de plus de quatre-vingt-dix récits, il apparaît dans vingt d'entre eux !

III Les thèmes principaux

1 Le désir

- La Peau de chagrin symbolise les désirs qui consument l'être humain. Raphaël obtient ce qu'il souhaite, mais il y perd sa vie.
- À travers cet objet symbolique, Balzac propose donc une réflexion morale sur les passions humaines.

2 Le désenchantement

- *La Peau de chagrin* est aussi une réflexion politique. Une révolution a eu lieu en 1830, mais celle-ci n'a apporté aucun changement réel.
- Balzac fait donc le portrait d'une jeunesse sans perspective, qui ne peut que sombrer dans les plaisirs superficiels et illusoires.

3 L'énergie

- La pensée de Balzac repose sur l'idée que tout être humain possède en lui une certaine quantité d'énergie vitale.
- La bonne manière d'utiliser cette énergie est d'écrire une œuvre, la mauvaise manière de la dépenser est de la gaspiller dans des désirs futiles.

Le résumé de l'œuvre

Raphaël de Valentin acquiert une mystérieuse peau d'animal, qui peut exaucer tous ses désirs. Cependant, à chaque vœu formulé, la Peau rétrécit, indiquant qu'il reste à Raphaël de moins en moins de temps à vivre.

Première partie : « Le Talisman »

La maison de jeu

- Fin octobre 1830, un jeune homme entre dans une maison de jeu. Il semble désespéré. Il joue sa dernière pièce d'or et perd.

L'errance du jeune homme

- Il se dirige vers la Seine pour mettre fin à ses jours, mais décide qu'il ne peut se suicider en plein jour.
- Il erre au bord du fleuve et se retrouve finalement devant la boutique d'un « marchand de curiosités ».

Le magasin d'antiquités

- Le jeune homme visite le magasin, ébloui par les innombrables trésors provenant de toutes les époques et de tous les pays.
- Un vieil antiquaire fait alors son apparition et finit par révéler au jeune homme l'existence d'une Peau de chagrin magique qui exauce tous les souhaits mais rétrécit à chaque vœu, réduisant l'espérance de vie de son détenteur.
- Le vieillard se lance dans un exposé philosophique pour démontrer que « *Vouloir* nous brûle et *Pouvoir* nous détruit ». Le jeune homme le soupçonne d'être un charlatan. Par moquerie, il lui souhaite de finir au bras d'une danseuse qui le ruinera.
- Incrédule, il accepte tout de même la Peau et fait le vœu d'un « dîner royalement splendide ».

Le dîner chez Taillefer

- Sorti de la boutique, le jeune homme, dont on apprend qu'il se prénomme Raphaël, rencontre par hasard des amis qui le cherchaient pour l'emmener dîner chez le banquier Taillefer, qui va fonder un nouveau journal.
- Le dîner a lieu, le vin coule à flots, les conversations politiques vont bon train. Raphaël fait la connaissance d'Aquilina et d'Euphrasie, deux courtisanes.
- Il commence à faire à son ami Émile le récit de sa vie.

Deuxième partie : « La Femme sans cœur »

1) Une vie austère et studieuse

La jeunesse de Raphaël

- Raphaël, fils unique, a perdu sa mère vers l'âge de onze ans. Il a été élevé par son père, le marquis de Valentin, un homme austère aux méthodes d'éducation sévères, qui l'a poussé à faire des études de droit.
- Une seule fois au cours de sa jeunesse, Raphaël a goûté le sentiment de la liberté : quand il a joué l'argent de son père lors d'une soirée chez le duc de Navarreins.
- En 1826, son père meurt de chagrin, quelques mois après avoir été ruiné. Raphaël se retrouve, à vingt-deux ans, orphelin et sans argent.

La vie monacale de Raphaël

- Raphaël, qui a hérité en tout et pour tout de « onze cent douze francs », décide de régler sa vie en limitant les dépenses au centime près, le temps d'écrire la grande œuvre qui lui apportera la gloire et l'amour.
- Il s'établit à l'hôtel Saint-Quentin, près de la Sorbonne, où il occupe une mansarde misérable avec vue sur les toits. Il y travaille jour et nuit pendant trois ans. Il écrit une comédie qui ne remporte aucun succès et un traité, *Théorie de la volonté*.

Pauline, la fille de la logeuse

- Pauline Gaudin, la fille de la logeuse, s'immisce progressivement dans la vie de Raphaël en lui rendant des services.
- Pauline et sa mère vivent dans la pauvreté car le père a été fait prisonnier en Russie, pendant la traversée de la Berezina.
- Raphaël parfait l'éducation de la jeune fille et lui donne notamment des cours de piano. Il l'aime toutefois comme une sœur, car il ne peut avoir de véritable passion que pour une femme riche.

2) Les débuts de la passion pour Fœdora

L'influence de Rastignac

- En décembre 1829, Raphaël croise Eugène de Rastignac, qui se moque de sa vie austère et studieuse et l'invite à se « dissiper » en sortant dans le grand monde pour se faire connaître.
- Il lui promet de lui faire rencontrer la comtesse russe Fœdora, âgée de vingt-deux ans, « riche et sans amant », dont l'évocation excite l'imagination de Raphaël.

La rencontre avec Fœdora

- Lors de la soirée où on les présente l'un à l'autre, Fœdora s'intéresse aux travaux de Raphaël, qui l'amuse beaucoup.
- Revenant de cette soirée, Raphaël considère qu'il est beaucoup trop pauvre pour Fœdora. Il décide pourtant de la conquérir coûte que coûte.

La tentative de conquête de Fœdora

- Raphaël multiplie les visites chez la comtesse dans l'espoir de la séduire.
- Un soir, tandis qu'il la raccompagne après le théâtre, il n'a pas de quoi payer un employé qui la protège de son parapluie.
- Elle l'avertit froidement qu'elle a reçu de nombreuses propositions qu'elle a toutes rejetées, et qu'il ne doit en aucun cas lui parler d'amour.

3 Le changement de vie de Raphaël

Les adieux à Pauline

- Rentré à son hôtel, Raphaël surprend une conversation où Pauline fait son éloge. Attendri, il lui annonce qu'il va bientôt quitter son logement et lui offre son piano.

Les illusions de Raphaël sur Fœdora

- Le lendemain, il retrouve Rastignac, qui le présente à un éditeur, Finot. Celui-ci recrute Raphaël pour la rédaction de faux mémoires. Il se fait faire un habit élégant et se promène dans Paris où il croise Fœdora. Peu après, il reçoit une invitation de celle-ci.
- Il s'inquiète de n'avoir pas d'argent en cas de besoin, mais finit par trouver une pièce dans un tiroir de sa table à écrire. Il passe la journée au bras de la comtesse, qui souhaite en réalité qu'il intercède en sa faveur auprès du duc de Navarreins, son cousin, afin d'obtenir la protection de ce dernier.

La lucidité de Raphaël sur Fœdora

- Raphaël se fait payer d'avance par son éditeur. Rastignac le persuade de vivre en s'endettant.
- Raphaël reprend ses visites quotidiennes chez Fœdora, qui l'ignore une fois qu'il a fait venir son cousin chez elle.

L'aveu à Fœdora

- Il continue néanmoins à la voir, toujours inquiet de son manque d'argent. Pauline et sa mère lui en prêtent. Il multiplie les dépenses pour une soirée au théâtre avec Fœdora.

- Une nuit, il se cache dans sa chambre pour l'espionner, afin de comprendre pourquoi elle n'a pas d'amant, et émet toutes sortes d'hypothèses sans parvenir à percer son mystère. Deux jours plus tard, il obtient un rendez-vous pour lui dire adieu. Nous sommes alors en mai 1830.
- Il lui avoue ses sentiments et la façon dont il s'est ruiné pour elle. Elle répond avec froideur et ironie.

La déchéance du « viveur »

- Rastignac lui ayant une nouvelle fois vanté les mérites de la « dissipation », vie faite de divertissements superficiels et de dettes jamais payées, Raphaël quitte sa mansarde et devient un « viveur ». Il s'endette au point de devoir vendre l'île où se trouve la tombe de sa mère.

4) La fin du récit de Raphaël

L'héritage inattendu

- Raphaël ayant fini son récit, il se souvient soudain de la Peau de chagrin, toujours dans sa poche. Il fait le vœu d'avoir « deux cent mille livres de rentes ».
- En compagnie d'Émile, il prend les mesures de la Peau en en dessinant le contour sur une serviette.
- Le notaire Cardot vient annoncer à Raphaël qu'il a hérité de son oncle. Le jeune homme ressent une vive douleur et est désormais terrifié par le pouvoir de la Peau dont il constate qu'elle a rétréci.

Troisième partie : « L'Agonie »

1) Les retrouvailles avec Pauline devenue riche

Le vœu involontaire de Raphaël

- Début décembre 1830, l'ancien professeur de Raphaël, M. Porriquet, cherche à retrouver son élève, le marquis de Valentin, qui habite désormais un magnifique hôtel.
- L'intendant, Jonathas, lui explique que la vie de Raphaël est désormais mécaniquement réglée afin qu'il n'ait jamais à formuler le moindre souhait. Tout est prévu d'avance, et même les portes s'ouvrent automatiquement devant lui.

- M. Porriquet aimerait trouver un emploi de proviseur. Raphaël, qui l'écoute à peine, répond par simple politesse qu'il lui souhaite de réussir. Il s'aperçoit immédiatement avec horreur qu'il a énoncé un vœu et que la Peau de chagrin a légèrement diminué.

La rencontre inattendue avec Pauline

- Raphaël se rend au théâtre des Italiens. Il aperçoit le vieil antiquaire au bras d'Euphrasie, conformément au vœu que le jeune homme avait formulé pour se moquer de lui dans sa boutique.
- Il tombe alors sur une femme très belle, qui s'avère être Pauline : elle lui donne rendez-vous le lendemain à l'hôtel Saint-Quentin.
- Il demande à la Peau de chagrin d'être aimé de Pauline : la Peau ne réagit pas, peut-être parce que le vœu est déjà exaucé.
- À l'hôtel Saint-Quentin il apprend de Pauline que son père est revenu très riche des Indes et que sa mère est désormais la baronne de Witschnau.
- C'est dans l'ancienne mansarde de Raphaël qu'ils se déclarent leur amour et décident de se marier sans tarder.

2 Tentatives pour neutraliser la Peau de chagrin

Première tentative : la jeter au fond d'un puits

- Revenu chez lui, Raphaël constate que la Peau de chagrin a rétréci : il la mesure et évalue qu'il lui reste moins de deux mois à vivre. Il jette la Peau au fond d'un puits.
- Le mariage doit avoir lieu en mars 1831. Mais en février, alors que Pauline et Raphaël vivent dans la joie et l'insouciance, le jardinier rapporte la Peau de chagrin, qu'il a trouvée en puisant un seau d'eau. Sa superficie est alors de « six pouces carrés » (16 cm^2).

Seconde tentative : la faire élargir par les savants

- Un zoologue, Lavrille, identifie la Peau comme celle d'un onagre (un âne sauvage), mais ne comprend pas comment elle peut être si résistante.
- Un mathématicien, Planchette, tente diverses expériences pour déformer la Peau. Ni le mécanicien Spieghalter ni le chimiste Japhet ne parviennent au moindre résultat. Toutes leurs certitudes en sont remises en cause.

3) Tentatives pour améliorer la santé de Raphaël

Première tentative : consulter les médecins

- Après de nouveaux moments de bonheur avec Pauline, en mars 1831, Raphaël, très malade, consulte des médecins célèbres (Brisset, Caméristus, Maugredie) qui se contredisent.
- Le jeune Horace Bianchon, le seul à établir clairement un diagnostic, suggère à Raphaël de partir en cure en Savoie.

Deuxième tentative : partir en cure en Savoie

- À Aix-les-Bains, Raphaël est mal perçu par les autres curistes. Il est même provoqué en duel par un dénommé Charles.
- Le jour du duel, Raphaël tire au hasard et tue son adversaire, ce qui aboutit à un nouveau rétrécissement de la Peau.

Troisième tentative : vivre au sein de la nature en Auvergne

- Raphaël part vers un nouveau lieu de cure, les eaux du Mont-Dore en Auvergne. Mais, dégoûté de la compagnie des hommes, il cherche rapidement la solitude.
- Il vit quelque temps dans un village auprès de paysans, mais finit par en partir, ne supportant pas la pitié et la curiosité des habitants qui voient en lui un mourant.

4) Les derniers jours de Raphaël

Retour à Paris

- Rentré à Paris, Raphaël lit les lettres de Pauline, qui lui reproche sa fuite.
- Il demande à Bianchon de lui prescrire une boisson à l'opium pour l'entretenir dans une « somnolence continuelle ».

Mort de Raphaël

- Jonathas organise pour le distraire un dîner. Raphaël, épouvanté, se réfugie dans sa chambre.
- Il trouve Pauline sur son lit. Elle lui redit son amour. Il lui révèle l'existence de la Peau de chagrin. Elle le croit fou.
- Ivre de désir pour elle, il meurt dans ses bras.

Épilogue

La suite des événements pour Pauline et Fœdora

- Le narrateur répond aux demandes du lecteur qui veut savoir ce qu'est devenue Pauline. Ses réponses énigmatiques suggèrent qu'elle a perdu la raison. Fœdora a toujours autant de succès. Elle est « la Société ».

1 Découvrir le **contexte** de *La Peau de chagrin*

1 Qui est Balzac ?

Honoré de Balzac semble n'avoir vécu que pour écrire des romans. Doté d'une énergie inépuisable, il a consacré toutes ses forces à la création d'un univers romanesque gigantesque, celui de La Comédie humaine, *qui regroupe plus de quatre-vingt-dix romans et qu'il n'a cessé d'enrichir jusqu'à sa mort.*

I Les jeunes années (1799-1829)

1) Naissance et études

- Honoré de Balzac naît le 20 mai 1799 à Tours.
- Entre 1817 et 1819, il fait des études de droit et, dans le même temps, exerce le métier de clerc de notaire. En 1819, il obtient le baccalauréat en droit qui était, à cette époque, le diplôme de fin de deuxième année à l'université.

2) Romans de jeunesse et autres activités liées aux livres

- Il abandonne progressivement ses études pour écrire d'abord du théâtre, puis des romans qu'il publie entre 1822 et 1827. Il écrit sous divers pseudonymes, comme Lord R'Hoone (anagramme d'Honoré) ou Horace de Saint-Aubin.
- En 1825, il devient également éditeur et publie des volumes illustrés de Molière et de La Fontaine. Il fonde aussi une imprimerie, qui s'avère rapidement un échec : il croule bientôt sous les dettes.

II Les premiers véritables romans (1829-1839)

1) Du roman historique aux contes philosophiques

- En 1829 paraît le premier roman que Balzac signe de son véritable nom : *Le Dernier Chouan*, rebaptisé ensuite *Les Chouans*, un roman historique. Il publie aussi un essai intitulé *Physiologie du mariage*.
- En 1830, il publie plusieurs nouvelles et romans courts et, en 1831, *La Peau de chagrin*, son premier succès. Il est contraint de travailler sans relâche pour payer ses dettes et maintenir son train de vie luxueux et mondain.

À NOTER
Balzac fut donc, comme Raphaël à ses débuts, disposé à travailler d'arrache-pied pour construire son œuvre. Et, comme Rastignac, il s'endetta pour payer ses divertissements mondains.

2) L'invention des « personnages reparaissants »

- Parmi les plus célèbres ouvrages de Balzac figure *Le Père Goriot*, en 1835. Il y invente le système des « personnages reparaissants », qui permet d'unifier l'œuvre en donnant au lecteur la sensation de retrouver le même univers.

■ On y retrouve ainsi Rastignac, déjà présent dans *La Peau de chagrin*, et Vautrin, qui reviendra notamment dans *Illusions perdues* (1837-1843) et dans sa suite, *Splendeurs et Misères des courtisanes* (1838-1847). Ces deux personnages sont centraux dans l'œuvre de Balzac.

III *La Comédie humaine* (1840-1850)

1 Le regroupement des romans en un seul cycle

■ En 1840, Balzac franchit une étape supplémentaire dans l'unification de son œuvre en décidant de rassembler tous ses romans parus depuis 1829 en un seul ensemble intitulé *La Comédie humaine*.

■ Celle-ci est publiée de 1842 à 1848 chez l'éditeur Furne. Balzac signe un célèbre avant-propos où il déclare notamment vouloir « faire concurrence à l'état civil » avec ses innombrables personnages.

À NOTER

Balzac a divisé *La Comédie humaine* en trois sections : « Études de mœurs » (qui compred *Le Père Goriot*), « Études philosophiques » (dont *La Peau de Chagrin*), « Études analytiques » (qui ne contient quasiment que *Physiologie du mariage*).

2 Les dernières œuvres

■ Balzac poursuit sa production romanesque sans relâche, avec notamment *La Cousine Bette*, en 1846, et *Le Cousin Pons*, en 1847, formant le diptyque des « Parents pauvres ».

■ Il meurt d'épuisement en août 1850, alors qu'il a épousé en mai la romancière polonaise Ewelina Hanska, avec qui il a entretenu une correspondance pendant dix-huit ans. Plusieurs de ses ouvrages sont publiés à titre posthume, dont *Les Paysans* en 1855.

zoOm

Balzac en 1842

Ce portrait de Balzac, datant de 1842, est un daguerréotype pris par l'un de ses pionniers, Louis-Auguste Bisson. Balzac s'intéressait beaucoup à cette nouvelle invention qui permettait de fixer la réalité grâce à une image.

2 Quel est le contexte historique ?

La Peau de chagrin paraît en 1831. Les événements racontés dans le roman se déroulent entre octobre 1830 et juin 1831. Cependant, le récit de Raphaël remonte jusqu'à sa naissance, en 1804, en insistant sur la période où il vit dans sa petite mansarde de l'hôtel Saint-Quentin, tenu par Mme Gaudin, la mère de Pauline, à partir de 1826.

I Le pouvoir politique

1) Révolution et Restauration

- En **1789**, la **Révolution française** abolit la monarchie absolue et proclame la République. Mais le coup d'État de Napoléon Bonaparte met en place le **Consulat** (1799-1804) puis le **Premier Empire** (1804-1814), régime autoritaire qui donne le pouvoir à la bourgeoisie.
- La chute du Premier Empire provoque le rétablissement de la monarchie. La **Restauration** (1814-1830) voit se succéder les règnes de **Louis XVIII** (1814-1824) et de **Charles X** (1824-1830).

2) La monarchie de Juillet

- La **révolution de 1830**, dite des Trois Glorieuses (27-29 juillet), renverse Charles X. Lui succède Louis-Philippe, qui sera à son tour renversé par la révolution de 1848. Pour de nombreux révolutionnaires de 1830, l'avènement d'un nouveau roi est une déception.
- Le régime repose sur le **suffrage censitaire** : il faut payer un impôt (le cens) pour avoir le droit de vote. Ce dispositif réserve le pouvoir à la petite partie la plus riche de la bourgeoisie française.

3) Balzac et la monarchie

- Balzac se montre **très critique** vis-à-vis de la Restauration et de la monarchie de Juillet. Vers 1831, il devient **légitimiste**, considérant que le roi Louis-Philippe est un usurpateur et espérant le rétablissement du « vrai roi », le comte de Chambord, petit-fils de Charles X.

CITATION

« J'écris à la lueur de deux Vérités éternelles : la Religion, la Monarchie, deux nécessités que les événements contemporains proclament, et vers lesquelles tout écrivain de bon sens doit essayer de ramener notre pays. »
Avant-propos de *La Comédie humaine* (1842).

II La société de 1830

1 La domination économique et politique de la bourgeoisie

- La bourgeoisie, qui bénéficie de l'expansion économique et industrielle du pays, devient la classe dominante.
- Si le peuple est encore composé en majorité de paysans, l'essor de l'industrie textile, des chemins de fer ou bien encore de l'extraction du charbon conduit au développement du monde ouvrier, qui commence à s'organiser pour constester la société capitaliste naissante.

2 Les idées sociales de Balzac

- Balzac critique la Restauration et la monarchie de Juillet qu'il voit comme des tentatives ratées de lutter contre les effets de la Révolution (le désir d'égalité et la perte des hiérarchies). Il met en évidence les inégalités sociales entre pauvres et riches, non pour plaider pour une révolution, mais pour déplorer qu'une telle situation renforce le sentiment révolutionnaire.
- Il prône pour sa part une aristocratie du mérite fondée sur la reconnaissance des talents. Mais le régime en place repose davantage sur la reconnaissance de l'argent, favorisant la conservation du pouvoir par les anciennes familles. Dans une société ainsi paralysée, les jeunes gens sont condamnés à devenir, comme Rastignac, des « viveurs » improductifs.

CITATION

« Les jeunes gens, qui ne savaient à quoi employer leurs forces [...] les dissipaient dans les plus étranges excès [...]. Cette belle jeunesse [...] voulait une place, et la politique ne lui en faisait nulle part. »

Illusions perdues (1843).

zoOm

Louis-Philippe, le dernier roi

Louis-Philippe (1773-1850) est le dernier roi à avoir régné en France. Il règne entre 1830 et 1848, avec le titre de « roi des Français ». Il est souvent caricaturé sous forme de poire. Le premier à l'avoir représenté ainsi est Charles Philipon, en 1831, sous le titre « La poire », dans *La Caricature*, journal auquel Balzac collabora souvent.

3 Quel est le contexte culturel ?

Par bien des aspects, Balzac se rattache au courant romantique, qui s'étend dans tous les pays européens à la même époque. S'il n'appartient pas au courant réaliste à proprement parler, il a le souci de représenter la réalité sociale afin de faire du roman un genre sérieux et savant, et non plus un divertissement frivole.

I Le mouvement romantique

1) Les précurseurs

- En 1820, en France, toute une génération, pleine d'espoir quant à l'avenir, va se trouver rapidement déçue face à la médiocrité d'un monde dominé par la bourgeoisie qui ne pense qu'à l'argent.
- Le romantisme connaît des précurseurs : Rousseau, dans les *Rêveries du promeneur solitaire* (écrites entre 1776 et 1778), décrit avec lyrisme le réconfort que lui apporte la nature dans sa solitude.
- Chateaubriand, dans son roman *René* (1802), invente un héros qui a déjà tout du héros romantique, mélancolique et tourmenté. C'est Germaine de Staël qui popularise, dans *De l'Allemagne* (1813), les idées et les œuvres du romantisme allemand.

2) Les grands genres littéraires

- La poésie se fait lyrique : Lamartine, dans les *Méditations poétiques* (1820), cherche à exprimer des états d'âme universels dans des vers harmonieux, tandis qu'Hugo dans *Les Orientales* (1829) rêve d'un ailleurs.
- Le roman connaît également un essor sans précédent, illustré par, outre Balzac, Stendhal avec *Le Rouge et le Noir* (1830) ou George Sand avec *Indiana* (1832).
- C'est surtout au théâtre qu'a lieu la révolution romantique : en 1830, *Hernani* de Victor Hugo fait scandale. Musset, pour sa part, publie *Lorenzaccio* (1834), histoire d'une révolution ratée.

À NOTER
Le romancier écossais **Walter Scott** (1771-1832), inventeur du roman historique, connaît alors un immense succès. Balzac le voit comme un modèle, même s'il le critique à l'occasion.

3) Le romantisme dans les autres arts

- Le romantisme se manifeste dans la peinture avec les tableaux de Delacroix (*La Liberté guidant le peuple*, 1831).
- Il est également présent en musique avec des compositeurs comme Berlioz (*Symphonie fantastique*, 1830) ou Chopin (*Nocturnes* pour piano, 1827-1846).

II Le roman réaliste

1 Le mouvement réaliste proprement dit

■ Le réalisme naît en peinture dans la seconde moitié du XIXe siècle, principalement autour de Gustave Courbet (1819-1877). C'est lui qui emploie le terme « réalisme » pour désigner une exposition de ses propres peintures en 1855, en marge de l'Exposition universelle de Paris.

À NOTER
On ne peut donc pas dire que **Balzac, mort en 1850**, ait fait partie du mouvement réaliste à proprement parler.

■ En 1856, les écrivains Duranty et Champfleury créent la revue *Réalisme*, pour défendre le mouvement, à la fois en peinture et en littérature. Le mouvement réaliste en littérature est bref et constitué d'écrivains aujourd'hui peu connus.

2 Le renouvellement du genre romanesque

■ Si on emploie le mot « réaliste » pour désigner un ensemble de procédés d'écriture qui permettent à la littérature de représenter la réalité, on peut qualifier Balzac de réaliste au même titre que les autres grands romanciers et romancières du XIXe siècle : Sand, Stendhal, Flaubert, Maupassant ou Zola. Tous et toutes ont participé au renouvellement du genre romanesque.

■ Ce renouvellement consiste à traiter de façon sérieuse ce qui était autrefois exclu du roman ou traité de façon parodique : la vie quotidienne, la réalité triviale, l'argent. Il s'agit de compléter la grande histoire à l'aide de l'histoire méconnue.

zoOm

Le mouvement romantique

Sur cette caricature du mouvement romantique, *Grand Chemin de la postérité* (Benjamin Roubaud, 1842), on reconnaît notamment Victor Hugo qui chevauche en tête, Lamartine qui médite dans les nuages et, derrière Alexandre Dumas et ses grandes jambes, Balzac avec un chapeau haut de forme.

MÉMO VISUEL

Le contexte historique est marqué par…

- la **déception des révolutionnaires** face à la monarchie de Juillet
- la **domination de la bourgeoisie** qui profite de l'expansion économique
- les **inégalités sociales** qui réduisent la jeunesse à l'inaction, selon Balzac

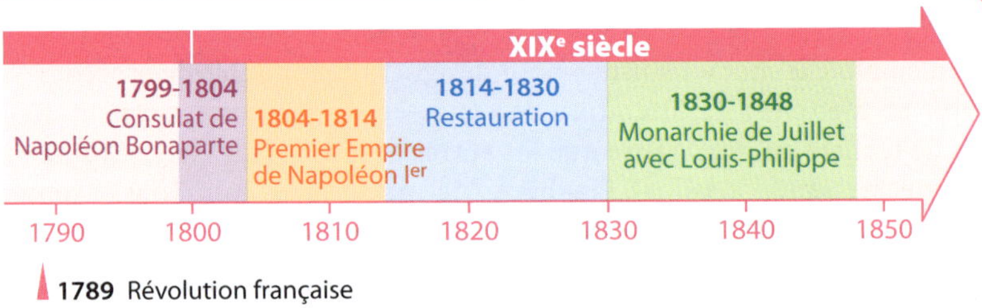

La Peau

L'auteur : Balzac…

- a fait des études de droit, puis a été éditeur et imprimeur
- a écrit d'abord quelques romans sous pseudonyme
- regroupe tous les romans parus sous son nom dans *La Comédie humaine*

Le contexte culturel est marqué par…

- le **romantisme**, mouvement qui concerne tous les arts
- l'**influence européenne**, notamment la littérature allemande
- le renouvellement du genre romanesque, de plus en plus **réaliste**

- **1813** *De l'Allemagne*, Mme de Staël
- **1820** *Méditations poétiques*, Lamartine
- **1830** *Hernani*, Victor Hugo; *Le Rouge et le Noir*, Stendhal
- **1832** *Indiana*, George Sand
- **1834** *Lorenzaccio*, Musset

de chagrin

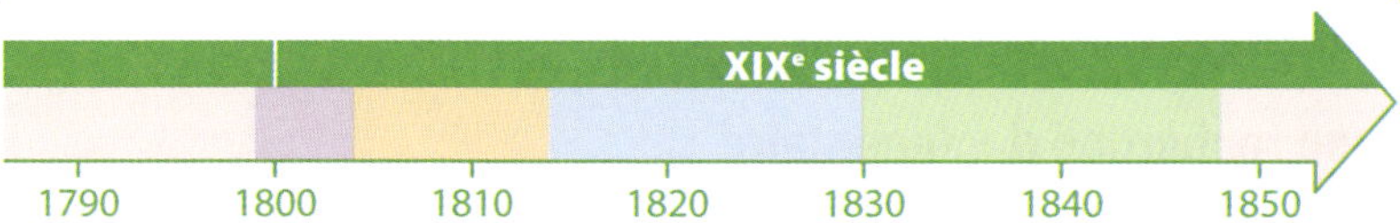

- **1799** Naissance de Balzac
- **1829** *Les Chouans*, premier roman signé Balzac
- **1831** *La Peau de chagrin*
- **1835** *Le Père Goriot*
- **1840** Décision de regrouper ses romans sous le titre *La Comédie humaine*
- **1850** Mort de Balzac

SE TESTER QUIZ

Vérifiez que vous avez bien compris les points-clés des **fiches 1 à 3**.

1 Qui est Balzac ?

→ FICHE 1

1. Lequel de ces métiers Balzac n'a-t-il pas exercé ?

❑ **a.** Professeur. ❑ **b.** Imprimeur. ❑ **c.** Clerc de notaire.

2. Quel est le nom du premier roman signé Balzac ?

❑ **a.** *La Peau de Chagrin*. ❑ **c.** *Physiologie du mariage*.

❑ **b.** *Le Dernier Chouan*.

2 Quel est le contexte historique ?

→ FICHE 2

Vrai ou faux ?	Vrai	Faux
a. *La Peau de Chagrin* paraît sous la monarchie de Juillet.	❑	❑
b. Les Trois Glorieuses sont trois années de progrès au début de la monarchie de Juillet.	❑	❑
c. La monarchie de Juillet repose sur le suffrage universel.	❑	❑
d. Balzac est favorable à ce régime qui concilie la monarchie et l'aspiration à plus d'égalité.	❑	❑

3 Quel est le contexte culturel ?

→ FICHE 3

1. Le romantisme est un courant :

❑ **a.** littéraire et français. ❑ **c.** intellectuel et mondial.

❑ **b.** artistique et européen.

2. Balzac doit d'abord être rattaché au courant :

❑ **a.** réaliste. ❑ **b.** naturaliste. ❑ **c.** romantique.

S'ENTRAÎNER

4 Mener une recherche documentaire

Quelles sont les adaptations célèbres de romans de Balzac pour le cinéma ?

1. Citez trois films adaptés de romans de Balzac qui respectent fidèlement l'histoire.

2. Citez trois films inspirés de romans de Balzac, mais qui changent l'époque, les lieux ou les personnages.

3. Choisissez une adaptation parmi celles que vous avez mentionnées et expliquez quelles modifications ont été faites par rapport au roman originel.

CONSEIL
Pour le cinéma vous trouverez des informations sur le site : https://www.lesamisdebalzac.org/filmographie/

5 Enrichir sa culture artistique

Expliquez en quoi cette image représente les désirs du peuple en 1830.

> **À NOTER**
> Ce célèbre tableau est inspiré par les Trois Glorieuses.

Eugène Delacroix, *La Liberté guidant le peuple, 28 juillet 1830* (1830-1831).

1. Quelle(s) catégorie(s)sociale(s) trouve-t-on ici représentée(s) ?

☐ a. Le peuple. ☐ b. L'aristocratie. ☐ c. La bourgeoisie.

2. Observez et interprétez les couleurs dominantes dans ce tableau.
3. Pourquoi ce tableau a-t-il pu choquer à l'époque ?

CORRIGÉS

SE TESTER QUIZ

→ FICHE 1

1 Qui est Balzac ?

1. Réponse a. Pendant ses études de droit (1816-1819), Balzac est clerc de notaire, univers qu'il évoque dans *Le Colonel Chabert*. En 1825, il devient imprimeur mais fait faillite dès 1826. *Illusions perdues* décrit ce milieu.
2. Réponse b. *Physiologie du mariage*, signé Balzac, paraît aussi en 1829, mais c'est un essai, non un roman.

> **À NOTER**
> Balzac a aussi été journaliste. Il a fondé deux revues : *La Chronique de Paris*, en 1835 ; *La Revue parisienne*, en 1840. Ces deux échecs l'endettent encore plus.

2 Quel est le contexte historique ?

→ FICHE 2

a. Vrai. La monarchie de Juillet est proclamée en 1830, l'œuvre paraît en 1831. b. Faux. Ces trois journées d'émeutes populaires mettent fin à la Restauration. c. Faux. La monarchie de Juillet repose sur le suffrage censitaire. d. Faux. Balzac est légitimiste : favorable à la monarchie, il reproche à la Restauration et à la monarchie de Juillet d'exacerber le désir d'égalité.

3 Quel est le contexte culturel ?

→ FICHE 3

1. Réponse b. Le foyer de ce mouvement européen, qui existe dans l'ensemble des arts, est en Allemagne (Goethe, Hölderlin, Heine...). • 2. Réponse c. Balzac est un romantique. Si ses romans cherchent à représenter la réalité, cela ne l'inscrit pas dans le courant réaliste, apparu plusieurs années après sa mort.

S'ENTRAÎNER

4 Mener une recherche documentaire

1. H. Calef, *Les Chouans* (1947) ; Y. Angelo, *Le Colonel Chabert* (1994) ; X. Giannoli, *Illusions perdues* (2021). 2. F. Truffaut, *Baisers volés* (1968) d'après *Le Lys dans la vallée* ; J. Rivette, *La Belle Noiseuse* (1991) d'après *Le Chef-d'œuvre inconnu* et *Ne touchez pas à la hache* (2007) d'après *La Duchesse de Langeais*. 3. *Illusions perdues* (2021) : l'adaptation resserre l'action de ce long roman sur sa partie centrale (les déconvenues de Lucien de Rubempré à Paris dans le milieu du journalisme). Le film supprime la première partie (une imprimerie à Angoulême) et la troisième partie (Lucien sauvé du suicide par Vautrin).

À NOTER
Le roman de Balzac le plus adapté au cinéma est *La Peau de chagrin* : pas moins de sept films.

5 Enrichir sa culture artistique

1. Réponses a et c. Les insurgés sont : au centre, une femme du peuple (bonnet phrygien) ; à droite, un enfant des rues (béret) ; à gauche, un paysan (foulard sur la tête), un homme en redingote et chapeau haut de forme (costume bourgeois) mais pantalon d'ouvrier, un ouvrier sabre au poing ; derrière, des étudiants et des soldats. • 2. Parmi les tons gris et bruns, Delacroix a disséminé les trois couleurs du drapeau républicain français, symbole de la révolution de 1789 (en 1814, la Restauration avait rétabli le drapeau blanc comme emblème de la France). • 3. Le tableau donne une représentation crue du peuple. La révolution de 1830 n'est pas idéalisée, la violence n'est pas euphémisée, les émeutiers sont sales et déguenillés. Le romantisme refuse l'académisme et, même si le tableau est soigneusement structuré en pyramide (comme *Le Radeau de La Méduse* de Géricault ou *Scènes des massacres de Scio* de Delacroix), l'impression de désordre et de chaos domine.

2 Définir les principales **caractéristiques** du roman

4 La structure de l'œuvre

La Peau de chagrin est un récit en trois parties qui joue avec les attentes du lecteur pour créer du suspense. À la première partie où le héros, Raphaël, trouve la peau magique, succède en effet un long retour en arrière dans lequel il raconte sa vie. Il faut attendre la troisième partie pour le voir aux prises avec le pouvoir maléfique de la Peau.

I Une structure en arabesque

À NOTER
Le récit épouse les méandres de la vie qui serpente, à l'image de l'arabesque – qui figure sous le titre du roman – empruntée au roman *Tristram Shandy* de Sterne.

1) Une structure en trois temps

La structure de *La Peau de chagrin* est en apparence simple.

- « **Le Talisman** » raconte comment Raphaël, après avoir songé à se suicider, entre en possession de la Peau de chagrin, puis se retrouve entraîné au dîner chez Taillefer.
- « **La Femme sans cœur** » est un récit à la première personne dont le narrateur est Raphaël lui-même. Ce long retour en arrière raconte comment Raphaël s'est installé dans une mansarde pour y travailler, puis comment sa vie a basculé à cause de Fœdora. À la fin de cette partie, on revient exactement là où commence « Le Talisman ».
- Dans « **L'Agonie** » Raphaël tente de contrôler le pouvoir de la Peau, mais son amour pour Pauline l'empêche d'effacer tout désir de sa vie : le roman se conclut sur sa mort.

2) Échos et répétitions

Mais cette structure est un peu plus complexe qu'il n'y paraît.

- Le roman a une **structure circulaire** : au dîner chez Taillefer, objet du premier vœu de Raphaël dans « Le Talisman », répond le dîner organisé par Jonathas dans « L'Agonie », quand Raphaël va formuler son ultime vœu. La boucle est bouclée.
- On note aussi des **répétitions qui brisent la linéarité** de l'histoire et donnent le **sentiment que le récit stagne** : Rastignac convainc ainsi Raphaël à deux reprises, au début et à la fin de « La Femme sans cœur », de se livrer à la « dissipation ».

II Une tension narrative omniprésente

1) Une course contre le temps et l'argent

Malgré ses répétitions et ses pauses, le récit maintient une tension constante.

- Raphaël, dès qu'il est en possession de la Peau de chagrin, lutte contre ses propres désirs qui réduisent le temps qu'il lui reste à vivre. Le **suspense** est à son comble quand il tente par tous les moyens de se débarrasser du talisman maudit. Pour le lecteur, le nombre de pages se réduit en même temps que la Peau de chagrin, la fin approche inéluctablement.

■ Avant qu'il possède la Peau de chagrin, Raphaël lutte contre la pauvreté : l'argent, lui aussi, disparaît progressivement. À la mort de son père, il tente de régler sa vie en limitant les dépenses au centime près. Mais, dès qu'il croise Fœdora, ses résolutions volent en éclats : le suspense tient alors à la manière dont il tâche de cacher sa pauvreté alors qu'il doit satisfaire les goûts luxueux de la jeune comtesse.

À NOTER
La première scène du roman, alors que la vie de Raphaël est suspendue au résultat d'un jeu d'argent, semble symboliser le roman : Raphaël est, comme il le dit lui-même, « le joueur et l'enjeu ».

2 Les moments de répit

Certains passages constituent des moments d'apaisement de cette tension.

■ Durant le dîner chez Taillefer, Raphaël ne craint plus la misère et ne sait pas encore qu'il est pris au piège de la Peau de chagrin. Balzac s'autorise alors de longs dialogues sans rapport avec l'intrigue, des digressions à l'image du personnage qui croit avoir tout son temps devant lui.

■ D'autres passages correspondent à des moments de répit illusoires, par exemple lorsque Raphaël coule des jours heureux avec Pauline, croyant s'être débarrassé de la Peau en la jetant dans un puits.

zoOm

Une adaptation actuelle du roman

La structure de cette adaptation repose sur trois retours en arrière au lieu d'un seul : le premier montre les années de misère de Raphaël quand il cherche à faire éditer son livre ; le deuxième, sa passion pour Fœdora ; le troisième, sa première rencontre avec Pauline.

À chaque fois, on revient au présent pour montrer comment Raphaël devient riche et publie son livre, se venge de Fœdora ou tombe amoureux de Pauline en la revoyant au théâtre.

La Peau de chagrin, téléfilm d'Alain Berliner (2010).

5 Le personnage principal : Raphaël de Valentin

Personnage central de La Peau de chagrin, *Raphaël est l'incarnation d'un type profondément romantique inventé par Balzac : le jeune homme pauvre qui s'enferme dans sa mansarde pour créer une grande œuvre, mais qui cède aux tentations d'une société dominée par l'argent.*

I Un type balzacien : le jeune homme désargenté

1 Un aristocrate ruiné

■ Issu d'une **vieille famille aristocratique**, le père de Raphaël a servi Napoléon, qui lui a octroyé des terres en Prusse et en Bavière, que la Restauration lui a reprises. Il incarne ainsi une aristocratie fondée sur le mérite, que l'Empire savait reconnaître, mais que la Restauration méprise.

■ **Ruiné et orphelin à l'âge de vingt-deux ans**, Raphaël continue cependant à croire à la reconnaissance possible de son mérite et décide d'écrire une grande œuvre, *Théorie de la volonté*, qui devrait lui apporter l'argent, la gloire, et même l'amour.

> **CITATION**
> « La faute des hommes supérieurs est de dépenser leurs jeunes années à se rendre dignes de la faveur. [...] [I]l y a chez le vrai savant de l'enfantillage à espérer les récompenses humaines. »
> « La Femme sans cœur ».

2 L'évolution du personnage

■ Raphaël connaît donc pendant trois ans, de 1826 à 1829, une existence recluse et studieuse. Il loge dans une **mansarde**, économise le moindre sou. Plus tard, quand il cherche à conquérir Fœdora, sa misère s'accroît : il envisage même d'aller au **Mont-de-Piété**, un établissement où l'on peut déposer ses biens en échange d'une somme d'argent. Tous ces éléments sont **typiques du jeune héros balzacien**.

■ Raphaël est aussi pris dans un dilemme : soit vivre longtemps en économisant ses plaisirs, soit vivre intensément en dépensant tout ce qu'il possède. Or il vit dans une **société d'égoïstes** qui ne songent qu'à dilapider leur temps et leur argent dans des plaisirs frivoles. L'influence de Rastignac et son attirance pour Fœdora amèneront Raphaël à **adopter les mœurs de cette société** si contraires aux siennes. La Peau de chagrin symbolise cette évolution.

II Une figure romantique : le « mal du siècle »

1 Une génération désenchantée

■ Raphaël incarne pleinement la **génération romantique atteinte du « mal du siècle »** : un sentiment d'inadéquation entre le moi et le monde. L'ancien monde a disparu avec la Révolution de 1789, mais le nouveau monde n'est pas encore advenu. La monarchie de Juillet a suscité des espoirs, vite déçus.

■ Balzac invente en 1830 l'expression « école du désenchantement » pour désigner plusieurs romanciers, dont lui-même. Raphaël incarne cette génération désenchantée dans un monde où **l'argent est désormais l'unique valeur**.

CITATION

« Condamnés au repos par les souverains du monde, livrés aux cuistres de toute espèce, à l'oisiveté et à l'ennui, les jeunes gens voyaient se retirer d'eux les vagues écumantes contre lesquelles ils avaient préparé leurs bras. »
Musset, *La Confession d'un enfant du siècle* (1836).

2 Une jeunesse en butte à la société

■ La Peau de chagrin, qui rétrécit à chaque désir formulé par Raphaël, symbolise la contradiction entre les aspirations de la jeunesse et les perspectives que lui offre la société de la Restauration et de la monarchie de Juillet. À l'**énergie créatrice** de Raphaël la société oppose des obstacles infranchissables.

■ La jeunesse privée des moyens de réaliser ses ambitions est ainsi condamnée à réussir de façon immorale : ce sera le cas de Rastignac, dont on suit l'évolution dans d'autres romans de *La Comédie humaine*. Raphaël, lui, est condamné à se perdre dans des **passions destructrices**.

zoOm

La figure du créateur romantique

Le peintre français Théodore Géricault représente ici une vision éminemment romantique du créateur. Solitaire, mélancolique, la tête lourdement appuyée sur son poing fermé, vêtu d'une redingote noire et d'une cravate blanche qui rappellent la mode des dandys, l'artiste s'adonne à la rêverie. Son atelier, manifestement vétuste, souligne sa condition misérable.

Portrait d'un artiste dans son atelier (1800-1825), attribué à Géricault.

6 Les autres personnages : des rôles antithétiques

Balzac organise ses personnages en faisant en sorte qu'ils se répondent deux à deux. Pauline représente la générosité, Fœdora incarne l'égoïsme ; l'antiquaire, au début du roman, encourage Raphaël à se détourner de la société pour acquérir le savoir, tandis que Rastignac l'incite à consumer sa vie dans des désirs stériles.

I Les figures féminines : Pauline et Fœdora

1 Pauline ou l'amour désintéressé

■ Pauline est la fille unique d'un militaire disparu lors de la campagne de Russie. Elle rencontre Raphaël, en 1826, à l'âge de quatorze ans et tombe progressivement amoureuse de lui. Après le retour de son père, elle devient riche et retrouve Raphaël. Tous deux espèrent se marier, mais la Peau de chagrin a beaucoup rétréci : c'est finalement le **désir de Raphaël pour Pauline** qui le tuera.

■ Pauline incarne une **vision idéalisée de l'amour** fondée sur le pur altruisme. Quand Raphaël habite rue des Cordiers, dans l'hôtel Saint-Quentin tenu par sa mère, elle lui rend des services ou lui donne de l'argent à son insu. Elle incarne aussi la **constance amoureuse**, restant éprise de Raphaël lorsqu'il s'éloigne d'elle.

2 Fœdora ou l'égoïsme absolu

■ La comtesse Fœdora rencontre Raphaël en 1829. Il tombe immédiatement amoureux d'elle. Elle répond par la froideur, l'avertissant qu'il ne doit jamais lui parler d'amour. Lorsque Raphaël se cache une nuit dans sa chambre et la voit se déshabiller, il n'apprend rien de particulier. Fœdora est fascinante, mais **ne cache aucun secret** : elle est **vide**.

> **À NOTER**
> Le « œ » de « Fœdora » se prononce « é ». On entend dans son nom les mots « fée d'or » : cette créature merveilleuse n'est que l'image d'une société obsédée par l'argent.

■ Refusant d'avoir le moindre amant, Fœdora représente l'**égoïsme**. Elle utilise Raphaël lorsqu'elle a besoin de lui, pour obtenir la protection de son cousin, le duc de Navarreins. Comme le dit l'épilogue du roman, Fœdora symbolise la société, **suscitant des passions sans jamais les satisfaire**.

II Les personnages masculins : Rastignac et l'antiquaire

1 Eugène de Rastignac, dandy et viveur

■ Personnage central de *La Comédie humaine*, Eugène de Rastignac, originaire d'Angoulême, monte à Paris pour suivre des études de droit. Dans *Le Père Goriot* (dont l'histoire se déroule en 1829), il apparaît comme un ambitieux, prêt à tout pour parvenir à ses fins. Dans *La Peau de chagrin* (dont l'histoire se déroule entre 1826 et 1831), c'est un Rastignac bien différent que l'on retrouve, plutôt porté sur l'oisiveté et la débauche.

À NOTER
À la fin du *Père Goriot*, Rastignac pousse sa célèbre exclamation : « À nous deux maintenant ! », en s'adressant à Paris.

- Rastignac joue un rôle essentiel dans l'intrigue : il incite Raphaël à abandonner ses études et sa vie austère pour jouir des plaisirs superficiels de l'existence, lui présente Fœdora, symbole de la société superficielle et mercantile, qui l'incite à s'endetter, à jouer, et qui cause sa ruine, le menant au bord du suicide.

2 L'antiquaire, une figure ambiguë

- L'antiquaire, qui est surtout présent au début du roman, est celui qui révèle l'existence de la Peau de chagrin à Raphaël, l'invitant à réaliser ses désirs. Mais c'est aussi celui qui le met en garde : « *Vouloir* nous brûle et *Pouvoir* nous détruit », il faudrait être capable de préférer le Savoir.
- On retrouve l'antiquaire à la fin du roman, au bras d'Euphrasie, comme l'avait souhaité Raphaël au début du roman : le vieillard a changé d'avis et, « heureux comme un jeune homme », estime désormais qu'il y a « toute une vie dans une heure d'amour ». Le savant a succombé aux séductions de la société.

zoOm

Aquilina et Euphrasie

Parmi les personnages secondaires figurent, lors du dîner chez Taillefer, les deux courtisanes Aquilina et Euphrasie.

Ces deux personnages aussi sont antithétiques. Aquilina est passionnée et malheureuse tandis qu'Euphrasie est cynique et indifférente.

Raphaël, Émile, Aquilina et Euphrasie (1838), illustration de Janet-Lange.

7 Roman réaliste ou conte fantastique ?

Le réalisme et le fantastique semblent s'opposer : le fantastique fait la part belle au surnaturel, qui ne saurait exister dans la réalité. Mais les deux se complètent : un cadre réaliste est nécessaire au surgissement du fantastique, et le fantastique permet de révéler le mystère enfoui au cœur de la réalité.

I La dimension fantastique

1) La présence du surnaturel

■ Le surnaturel tient surtout à la présence d'un objet magique, la Peau de chagrin qui exauce tous les vœux. La rencontre entre Raphaël et l'antiquaire semble réécrire la célèbre légende de Faust.

La Peau de chagrin fait également penser aux contes merveilleux, notamment au conte arabo-persan *Aladin ou la Lampe merveilleuse*.

> **À NOTER**
> La **légende de Faust** a beaucoup inspiré les romantiques, notamment Goethe (1749-1832). Dans sa version, le docteur Faust vend son âme au Diable et se retrouve lié à lui par un pacte.

■ Cependant, dans le merveilleux, le surnaturel est mêlé à la vie quotidienne alors que, dans le fantastique, le surnaturel surgit de façon inhabituelle dans un univers dont il est normalement absent. *La Peau de chagrin* n'est donc pas un conte merveilleux. L'antiquaire, dans « Le Talisman », se moque de Raphaël à ce sujet :

> « Croyez-vous, dit le marchand, que mes planchers vont s'ouvrir tout à coup pour donner passage à des tables somptueusement servies et à des convives de l'autre monde ? »

2) La possibilité d'une explication rationnelle

■ Le surnaturel, dans le fantastique, engendre un doute entre interprétations rationnelle ou bien magique des événements. Raphaël se demande d'emblée si l'antiquaire n'est pas un « charlatan » : si la Peau brille comme une « petite comète », c'est parce que, soigneusement polie, elle reflète la lumière.

> **CITATION**
> « Quoiqu'il lui fût impossible de croire à une influence magique, il admirait les hasards de la destinée humaine. »
> « Le Talisman ».

■ Les événements semblent par ailleurs se réaliser conformément aux souhaits de Raphaël, qui n'y voit d'abord que simples coïncidences.

■ Le lecteur peut donc considérer que tout ce qui arrive à Raphaël est dû au hasard. Mais un élément relève incontestablement du surnaturel : le rétrécissement de la Peau.

II La dimension réaliste

1 Les procédés du réalisme

- *La Peau de chagrin* comporte des indications spatio-temporelles précises : l'histoire se déroule entre octobre 1830 et juin 1831, en divers lieux, comme la rue des Cordiers.
- Les descriptions détaillées, typiquement balzaciennes, apparaissent au fil du roman (la boutique de l'antiquaire, le luxueux hôtel du banquier Taillefer).
- L'emploi de termes techniques ou savants apparaît en particulier dans les discussions des médecins ou dans le discours des savants sur la Peau de chagrin.

2 L'articulation entre réalisme et fantastique

- Le fantastique et le réalisme semblent d'abord coexister sans se mélanger : à l'atmosphère mystérieuse de la partie « Le Talisman » répond le récit très ancré dans la réalité sociale de la jeunesse de Raphaël dans « La Femme sans cœur ».
- Mais le fantastique et le réalisme ne cessent de se mêler : au début du roman, il faut mette en place un cadre réaliste (la salle de jeu, la Seine et ses mendiants) pour rendre plus crédible la scène de l'antiquaire. De même, dans la dernière partie, « L'Agonie », on trouve à la fois des discours techniques (le vocabulaire des savants ou des médecins) et des scènes étranges et fantomatiques (la mort de Raphaël).
- La Peau de chagrin apparaît enfin comme un élément à la fois fantastique et réaliste, symbolisant la société de 1830, qui dévore l'énergie créatrice de la jeunesse.

zoOm

Faust, le pacte avec le Diable

La légende de Faust a été souvent adaptée, notamment en un opéra de Charles Gounod, d'après la pièce de Goethe. Dans l'acte I, le docteur Faust se lamente sur l'inutilité de la connaissance et songe à se suicider. Apparaît alors Méphistophélès, en qui le Diable s'est incarné, qui lui promet la jeunesse éternelle et l'amour de Marguerite, s'il signe un pacte où il s'engage à le servir.

Faust, *Le Laboratoire* (1872), estampe.

La méthode pour bien citer

- Une citation illustre un **argument**.
  → Elle doit être exacte et encadrée de guillemets.
- Une citation est mise en **contexte**.
  → Précisez à quel moment elle apparaît dans l'histoire.
- Une citation seule ne suffit pas.
  → Il faut l'accompagner d'un **commentaire**.

9 CITATIONS-CLÉS POUR LA DISSERTATION

Désirs et jouissances

« En un mot, tuer les sentiments pour vivre vieux, ou mourir jeune en acceptant le martyre des passions, voilà notre arrêt. »

Émile, dans « Le Talisman ».

« Pour prolonger mon extase, j'aurais alors volontiers troqué deux années de ma vie contre chacune des heures qu'elle voulait bien m'accorder. »

Raphaël, dans « La Femme sans cœur ».

« Toutes les jouissances de la vie se jouent autour de mon lit de mort et dansent comme de belles femmes devant moi ; si je les appelle, je meurs. »

Raphaël, dans « L'Agonie ».

Pouvoir et vouloir

« *Vouloir* nous brûle et *Pouvoir* nous détruit ; mais SAVOIR laisse notre faible organisation dans un perpétuel état de calme. »

■ L'antiquaire, dans « Le Talisman ».

« Le monde lui appartenait, il pouvait tout et ne voulait plus rien. Comme un voyageur au milieu du désert, il avait un peu d'eau pour la soif et devait mesurer sa vie au nombre des gorgées. »

■ À propos de Raphaël, dans « La Femme sans cœur ».

« Il pensa tout à coup que la possession du pouvoir, quelque immense qu'il pût être, ne donnait pas la science de s'en servir. [...] Le pouvoir nous laisse tels que nous sommes et ne grandit que les grands. Raphaël avait pu tout faire, il n'avait rien fait. »

■ À propos de Raphaël, dans « L'Agonie ».

Vices et vertus

« Vivre pour plaire et régner, tel est l'arrêt que prononce chaque battement de mon cœur. La société m'approuve ; ne fournit-elle pas sans cesse à mes dissipations ?

■ Euphrasie, dans « Le Talisman ».

« Oh ! m'écriai-je, pourquoi suis-je sorti de ma vertueuse mansarde ? Le monde a des envers bien salement ignobles. »

■ Raphaël, dans « La Femme sans cœur ».

« Il suffit à un jeune homme de rencontrer une femme qui ne l'aime pas, ou une femme qui l'aime trop, pour que toute sa vie soit dérangée. Le bonheur engloutit nos forces, comme le malheur éteint nos vertus. »

■ Raphaël, dans « La Femme sans cœur ».

SE TESTER QUIZ

Vérifiez que vous avez bien compris les points-clés des **fiches 4 à 7**.

1 La structure de l'œuvre

→ FICHE 4

1. Quelle partie du roman constitue un retour en arrière ?

❑ **a.** « Le Talisman ». ❑ **b.** « L'Agonie ». ❑ **c.** « La Femme sans cœur ».

2. Quelles sont les sources du suspense dans *La Peau de chagrin* ?

❑ **a.** la Peau de chagrin. ❑ **b.** le manque d'argent. ❑ **c.** les histoires d'amour.

2 Le personnage principal : Raphaël de Valentin

→ FICHE 5

Vrai ou faux ?	Vrai	Faux
a. Raphaël est issu du peuple.	❑	❑
b. Sa mère est morte quand il était enfant.	❑	❑
c. Durant trois ans, il se consacre à l'écriture d'un roman.	❑	❑
d. Raphaël est un personnage très romantique.	❑	❑

3 Les autres personnages : des rôles antithétiques

→ FICHE 6

1. Pauline et Fœdora incarnent :

❑ **a.** la générosité et l'égoïsme.

❑ **b.** l'amour chaste et la passion charnelle.

❑ **c.** la jeunesse et la vieillesse.

2. Rastignac incarne :

❑ **a.** un modèle de réussite sociale pour Raphaël.

❑ **b.** les tentations auxquelles la société soumet l'individu.

❑ **c.** un moyen de parvenir à ses fins dans la société.

4 Roman réaliste ou conte fantastique ?

→ FICHE 7

Vrai ou faux ?	Vrai	Faux
a. *La Peau de chagrin* est un conte merveilleux.	❑	❑
b. On peut trouver une explication naturelle aux événements vécus par Raphaël.	❑	❑
c. La Peau de chagrin est un objet magique qui éloigne le roman de toute réalité.	❑	❑

S'ENTRAÎNER

5 Mémoriser les idées-clés du cours

Répondez oralement à ces six questions de cours.

1. Où et quand se déroule l'essentiel de l'action de *La Peau de chagrin* ?
2. Quelles sont les trois parties du roman ?
3. Qui sont les principaux personnages féminins ?
4. Quel est le rôle de Rastignac ?
5. Quand revoit-on l'antiquaire une fois que Raphaël a quitté sa boutique ?
6. Comment Raphaël meurt-il ?

OBJECTIF BAC

6 Présentation de *La Peau de chagrin* à l'oral

Lors de la seconde partie de l'épreuve orale du bac de français, vous êtes invité(e) à présenter une œuvre parmi celles que vous avez étudiées en classe ou lues en lectures cursives.

Dans l'exercice qui suit, nous vous proposons de vous entraîner à cette présentation à partir de l'exemple de *La Peau de chagrin*.

Vous avez étudié *La Peau de chagrin* en classe et avez sélectionné cette œuvre, dans votre récapitulatif, pour la seconde partie de l'épreuve. Présentez-la brièvement et exposez les raisons de votre choix.

→ Les clés pour réussir, page suivante.

7 Entretien à la suite de la présentation de *La Peau de chagrin*

Une fois votre présentation terminée, l'examinateur vous pose des questions en prenant appui sur les éléments exposés. Il évalue vos capacités à dialoguer, à nuancer ou à étoffer votre réflexion, à défendre votre point de vue sur la base de la connaissance de l'œuvre.

Les questions

1. Quels sont les différents aspects de la personnalité de Raphaël ?
2. Y a-t-il des passages comiques dans cette œuvre ?
3. En quoi le romantisme de Balzac consiste-t-il, selon vous ?

LES CLÉS POUR RÉUSSIR

Présenter brièvement l'œuvre

Montrez que vous avez compris ce qui fait la spécificité de *La Peau de chagrin* : le contexte romantique que l'on retrouve dans l'œuvre, la présence du fantastique, mais aussi le réalisme propre à l'écriture de Balzac.

L'œuvre dans son contexte

- Présentez Balzac comme un auteur qui a consacré son énergie à l'écriture, travaillant comme un forçat pour payer ses dettes.
- Rappelez que *La Peau de chagrin* est l'une des toutes premières œuvres publiées sous son nom et fondatrice de *La Comédie humaine*.

Les caractéristiques essentielles

- Montrez comment ce roman en trois parties rompt la chronologie linéaire au profit d'un long retour en arrière.
- Mettez en évidence une écriture réaliste, destinée à introduire dans le genre du roman un discours sérieux sur la société.

Exposer les raisons de son choix

Montrez que le texte correspond aussi bien à un désir de connaissance qu'à la recherche d'un plaisir de lecture. N'hésitez pas non plus à évoquer vos éventuelles réticences face à ce roman, qui abandonne souvent le fil de l'intrigue pour des digressions visant à montrer le caractère sinueux de l'existence.

Trois raisons principales

1 Un récit fantastique

- la présence du surnaturel, rappelant les contes et légendes
- une histoire originale, à la portée universelle

2 Une intrigue romanesque

- un récit plein de suspense
- des personnages devenus des types

3 Une œuvre riche en symboles

- la Peau de chagrin ou la condition humaine
- une réflexion sur le pouvoir

SE TESTER QUIZ

1 La structure de l'œuvre

→ FICHE 4

1. Réponse c. « Le Talisman » se déroule en une soirée, entre le moment où Raphaël tente de se suicider et le dîner chez Taillefer (en octobre 1830). « L'Agonie » commence un mois plus tard, quand Raphaël a utilisé son immense richesse pour s'établir dans un hôtel particulier, et s'achève avec sa mort (en juin 1831). Dans « La Femme sans cœur », Raphaël raconte les épisodes antérieurs à la découverte de la Peau de chagrin (de 1804 à 1830). Cette partie constitue le retour en arrière.
2. Réponses a et b. Dans « La Femme sans cœur », Raphaël manque en permanence d'argent mais ne doit pas le montrer, surtout à Fœdora, très proche de découvrir son secret. Dans « L'Agonie », le pouvoir de la Peau de chagrin transforme la vie de Raphaël en course contre la montre et en lutte constante contre ses propres désirs.

2 Le personnage principal : Raphaël de Valentin

→ FICHE 5

a. Faux. Raphaël est le fils du marquis de Valentin, « chef d'une maison historique à peu près oubliée en Auvergne » et de « l'héritière d'une grande maison ». **b. Vrai.** Sa mère est morte quand il avait dix ans, il a été élevé de façon austère par son père.
c. Faux. Il se consacre à l'écriture d'un essai, *Théorie de la volonté*. **d. Vrai.** Raphaël incarne le jeune aristocrate ruiné, qui croit encore que la société pourra reconnaître sa valeur s'il sacrifie sa vie à la création d'une œuvre.

3 Les autres personnages : des rôles antithétiques

→ FICHE 6

1. Réponse a. Pauline incarne une vision idéalisée de l'amour fondé sur l'altruisme et le sacrifice de soi ; Fœdora est une allégorie de la société, qui prend tout et qui ne donne rien. • **2. Réponse b.** Rastignac est celui qui incite Raphaël à céder à la débauche, à s'endetter, à vivre sans songer au lendemain.

4 Roman réaliste ou conte fantastique ?

→ FICHE 7

a. Faux. Dans le conte merveilleux, la présence du surnaturel fait partie de la vie quotidienne. Elle ne suscite ni étonnement ni incrédulité, ce qui n'est pas le cas du fantastique. **b. Vrai.** *La Peau de chagrin* relève du fantastique, car le récit fait en sorte que l'on puisse trouver une explication naturelle aux événements – à l'exception de l'inexplicable rétrécissement de la Peau de chagrin. **c. Faux.** La Peau de chagrin est un objet magique qui symbolise la réalité de la monarchie de Juillet aux yeux de Balzac : une société qui réduit les perspectives d'avenir d'une jeunesse ambitieuse.

S'ENTRAÎNER

5 Mémoriser les idées-clés du cours

1. L'histoire se déroule d'octobre 1830 à juin 1831, entre la tentative de suicide de Raphaël et sa mort. Il faut compter le retour en arrière qui remonte jusqu'en 1804, (naissance de Raphaël), puis insiste sur les trois années de labeur et de vie monacale, (1826-1829). L'action se déroule principalement à Paris, sur les quais de la Seine, chez le banquier Taillefer (« Le Talisman »), puis dans la mansarde de la rue des Cordiers (« La Femme sans cœur »), dans l'hôtel de la rue de Varenne, au théâtre des Italiens, et brièvement à Aix-les-Bains et au Mont-Dore (« L'Agonie »). • 2. « Le Talisman » raconte comment Raphaël acquiert la Peau de chagrin et se retrouve au dîner chez Taillefer. Dans « La Femme sans cœur », il raconte sa vie à Émile, insistant sur son amour malheureux pour Fœdora. « L'Agonie » revient au présent et raconte comment Raphaël, amoureux de Pauline, s'efforce de conjurer le pouvoir de la Peau de chagrin, sans succès. • 3. Pauline Gaudin rencontre Raphaël en 1826 (elle a quatorze ans), quand sa mère tient l'hôtel Saint-Quentin. Elle est amoureuse de lui et l'aide en cachette. Devenue riche, elle retrouve Raphaël. Leur mariage, prévu pour mars 1831, est empêché par la santé de Raphaël, qui meurt finalement de désir pour elle. Fœdora est une comtesse qui repousse tous ses prétendants, dont Raphaël, mais devient charmante si elle a besoin de lui. La beauté de Pauline, devenue riche, éclipsera celle de Fœdora. • 4. Rastignac incite Raphaël à abandonner sa vie studieuse et à jouir de l'existence. Il est, pour Raphaël, l'équivalent de ce que sera ensuite la Peau : une invitation à réaliser tous ses désirs. • 5. L'antiquaire réapparaît dans la troisième partie du roman : Raphaël avait souhaité à la fin de son entrevue dans « Le Talisman » que l'antiquaire finisse au bras d'une danseuse. Dans « L'Agonie », on découvre le vieillard au bras d'Euphrasie. • 6. Raphaël meurt sous l'effet de la Peau. Alors que Jonathas a organisé un dîner pour le distraire, Raphaël, à la conscience altérée par l'opium, s'échappe et retrouve sa chambre. Pauline l'y attend et lui redit son amour. Il lui avoue l'existence de la Peau de chagrin. Pour lui sauver la vie, elle tente de s'enfuir, mais il meurt, tant son désir d'elle est puissant.

OBJECTIF BAC

Les titres en couleur servent de repères dans ces propositions écrites de présentation ou de réponses aux questions, ils doivent être intégrés de manière naturelle à votre exposé oral.

6 Présentation de *La Peau de chagrin* à l'oral

I. Présentation brève de l'œuvre

1. L'œuvre dans son contexte

- Balzac est un auteur du XIXe siècle, célèbre pour ses textes romanesques, bien qu'il ait à plusieurs reprises tenté, sans succès, de s'illustrer au théâtre. *La Peau de chagrin* paraît en 1831 : c'est un des premiers romans que Balzac signe de son nom.
- C'est en 1835, avec *Le Père Goriot*, que Balzac aura l'idée de faire revenir ses personnages, en particulier Rastignac, au fil de ses récits ; et c'est en 1840 qu'il regroupera ses textes sous l'intitulé *La Comédie humaine* ; *La Peau de chagrin* y figurera dans la partie « Études philosophiques ».

2. Les caractéristiques essentielles

- Le texte s'organise en trois parties qui brisent quelque peu la chronologie linéaire : après « Le Talisman » où Raphaël trouve la Peau de chagrin, il faut attendre qu'il ait raconté toute sa vie, dans « La Femme sans cœur », pour le retrouver aux prises avec cet objet qui s'avère maléfique dans « L'Agonie ».

▶ L'écriture romanesque de Balzac est célèbre pour ses descriptions et ses digressions. À son époque, le genre du roman est encore considéré comme un divertissement sans valeur réelle. Or Balzac entend **faire du roman un genre sérieux**, transmettant un véritable savoir sur les mœurs et la société, et pas seulement une histoire divertissante. On perd donc souvent de vue l'histoire de *La Peau de chagrin* au profit de considérations sociales et politiques.

> **CONSEIL**
> Montrez ce qui fait **l'originalité de l'œuvre** : Balzac, dans *La Peau de chagrin*, ne se contente pas de raconter une histoire, il crée tout un monde qu'il développera dans de multiples romans.

II. Les raisons de mon choix

1. Un récit fantastique

▶ *La Peau de chagrin* est un récit qui suscite l'intérêt du lecteur grâce à la présence du **surnaturel**, qui rappelle l'univers des contes (comme celui d'Aladin) et des légendes (comme celle de Faust). La Peau est un objet particulièrement mystérieux et on est forcément curieux de savoir comment Raphaël de Valentin va résister à la tentation de s'en servir.

▶ Ce récit n'est pas seulement un conte fantastique bien ficelé : c'est surtout une **réflexion symbolique** sur l'existence humaine. Faut-il vivre longtemps sans jouir de l'existence ou vivre intensément mais mourir précocement ? C'est une question universelle, qui prend ici la forme saisissante d'un récit fantastique où le rétrécissement magique de la Peau de chagrin symbolise le processus réel du vieillissement.

2. Une intrigue romanesque

▶ L'œuvre de Balzac est riche en **suspense** : Raphaël sortira-t-il du piège mortel de la Peau de chagrin ? Ce suspense est aussi présent dans la partie centrale : parviendra-t-il à cacher sa pauvreté aux yeux du monde ? Les coups de théâtre et renversements de situation sont omniprésents : les rencontres avec Émile dans « Le Talisman » ou avec Pauline dans « L'Agonie » rythment le récit.

▶ Il est également intéressant de retrouver des personnages qui sont devenus de véritables **types romanesques**, comme le jeune homme désargenté qui vit dans une mansarde ou le dandy qui mène une vie de bohème. *La Peau de chagrin* permet de découvrir comment ces personnages sont apparus en littérature.

> **CONSEIL**
> N'hésitez pas, comme ci-contre, à ajouter aux raisons de votre choix des connaissances pour rendre cette partie de l'exposé plus convaincante.

3. Une œuvre riche en symboles

▶ La Peau de chagrin symbolise la condition humaine en révélant **l'envers des contes de fées**. Tout le monde rêve de rencontrer un génie qui exauce tous ses souhaits, mais personne ne veut imaginer que ce que nous souhaitons puisse se retourner contre nous.

▶ « *Vouloir* nous brûle et *Pouvoir* nous détruit », prévient l'antiquaire. En effet, après avoir montré dans « La Femme sans cœur » comment le désir consumait Raphaël de Valentin, le roman montre dans « L'Agonie » comment le pouvoir extraordinaire de la Peau de chagrin finit par le détruire. Le roman est ainsi une réflexion sur le désir de pouvoir et ses dangers.

7 Entretien à la suite de la présentation de *La Peau de chagrin*

1. La personnalité de Raphaël est ambivalente. Il est au départ pourvu d'une certaine volonté, d'une certaine énergie créatrice, capable de régler sa vie afin de bâtir une œuvre. Pendant trois ans, il incarne le héros prêt à tout sacrifier pour une noble tâche.

Mais il se laisse vite influencer par Rastignac et tombe amoureux de Fœdora. Son savoir théorique sur la volonté ne lui permet nullement d'en faire preuve dans la pratique : il se révèle faible et influençable, se contentant volontiers des plaisirs superficiels d'un « viveur ».

2. On trouve dans *La Peau de chagrin* des passages nettement satiriques. On pense d'abord à la scène des médecins, digne de Molière, ainsi qu'au passage sur les scientifiques, dans la même veine. On se moque de l'incompétence et de la prétention de ces savants, ce qui constitue un *topos* de la satire.

On y trouve aussi un certain nombre de traits d'ironie de la part du narrateur, et ce dès la première phrase où les jeux d'argent sont présentés comme protégés par la loi parce qu'ils sont « une passion essentiellement imposable » (sur laquelle on peut prélever des impôts). Les remarques sarcastiques émaillent le texte – Balzac fait souvent référence à Rabelais, autre romancier mêlant hardiment le comique à son récit.

3. En toute rigueur, le romantisme désigne le mouvement artistique du XIXe siècle, qui se fonde sur un sentiment d'inadéquation entre le moi et le monde, suite à la rupture historique que constitue, en France, la Révolution de 1789, qui aboutit à une perte de repères pour toute cette génération.

Cependant, on ne trouve pas chez Balzac un certain nombre d'éléments associés couramment au romantisme : l'effusion lyrique des sentiments ou la communion avec la nature (même si la description du lac du Bourget dans « L'Agonie » peut s'en rapprocher).

En revanche, on trouve le sentiment d'exclusion, d'inadéquation avec une société matérialiste, chez les deux personnages masculins, Raphaël et Rastignac. Le premier essaie d'échapper à cette impasse en produisant une œuvre mais, face à une société qui méprise les artistes et les penseurs, il finit par sombrer comme le second dans une vie de plaisirs superficiels et de passions destructrices.

DES POINTS EN PLUS

Cette réponse explique de façon rigoureuse le mot « romantisme ».
Avant de commencer à répondre, il faut en effet tâcher de **définir les termes de la question**.
De nombreux mots ne signifient plus la même chose dans le langage courant d'aujourd'hui et dans le domaine littéraire ou dans leur contexte d'origine : c'est le cas de « romantisme », mais aussi d'« humaniste », de « pathétique », de « tragique »...

3 Expliquer des **extraits** du roman

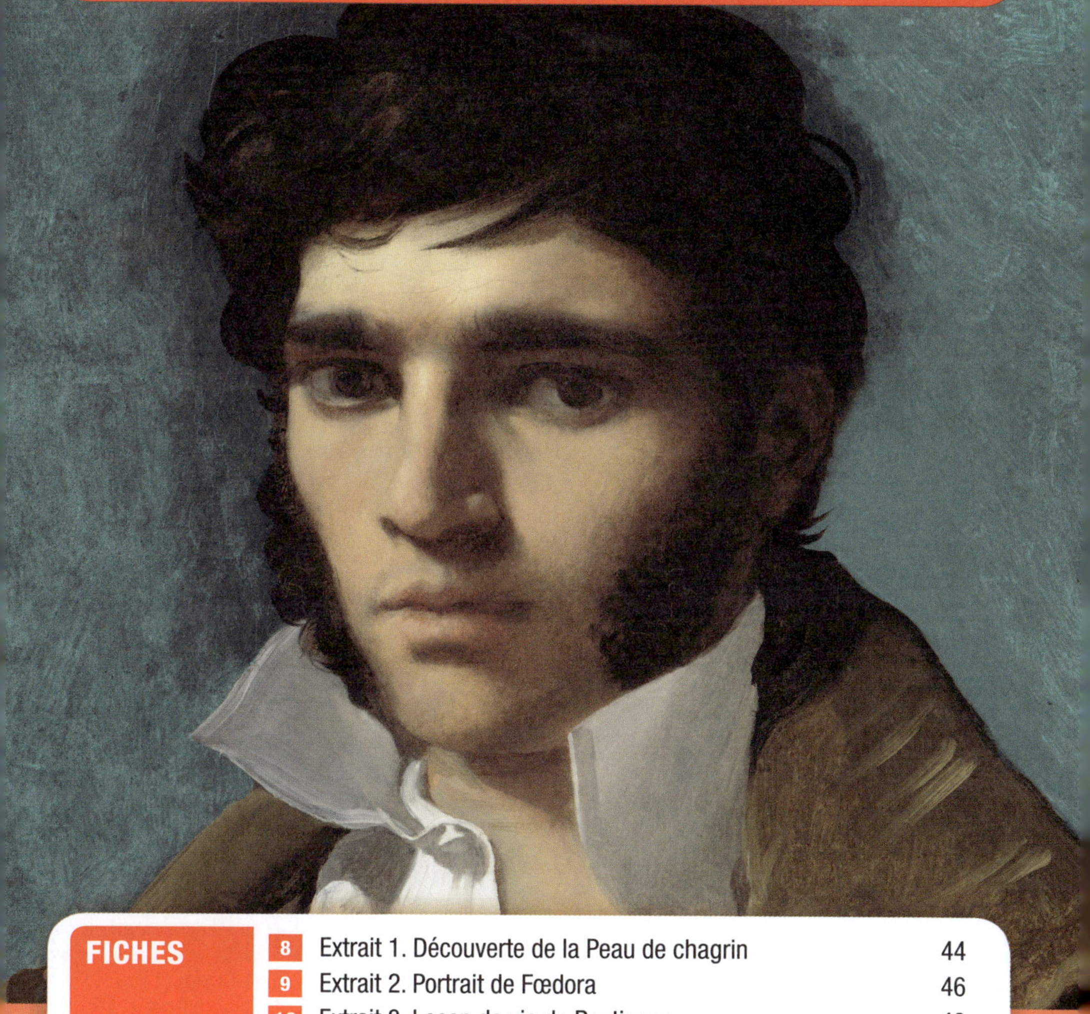

8 Extrait 1. Découverte de la Peau de chagrin

Raphaël de Valentin, dont on ne connaît pas encore le nom, a décidé d'attendre la nuit avant de se suicider, et erre sur les quais de la Seine. Il tombe par hasard sur la boutique d'un antiquaire. Celui-ci attire son attention sur une mystérieuse peau d'animal.

– J'avoue, s'écria l'inconnu, que je ne devine guère le procédé dont on se sera servi pour graver si profondément ces lettres sur la peau d'un onagre[1].

Et, se retournant avec vivacité vers les tables chargées de curiosités, ses yeux parurent y chercher quelque chose.

– Que voulez-vous ? demanda le vieillard.

– Un instrument pour trancher le chagrin[2], afin de voir si les lettres y sont empreintes ou incrustées.

Le vieillard présenta son stylet à l'inconnu, qui le prit et tenta d'entamer la Peau à l'endroit où les paroles se trouvaient écrites ; mais, quand il eut enlevé une légère couche de cuir, les lettres y reparurent si nettes et tellement conformes à celles qui étaient imprimées sur la surface, que, pendant un moment, il crut n'en avoir rien ôté.

– L'industrie du Levant a des secrets qui lui sont réellement particuliers, dit-il en regardant la sentence orientale avec une sorte d'inquiétude.

– Oui, répondit le vieillard, il vaut mieux s'en prendre aux hommes qu'à Dieu !

Les paroles mystérieuses étaient disposées de la manière suivante :

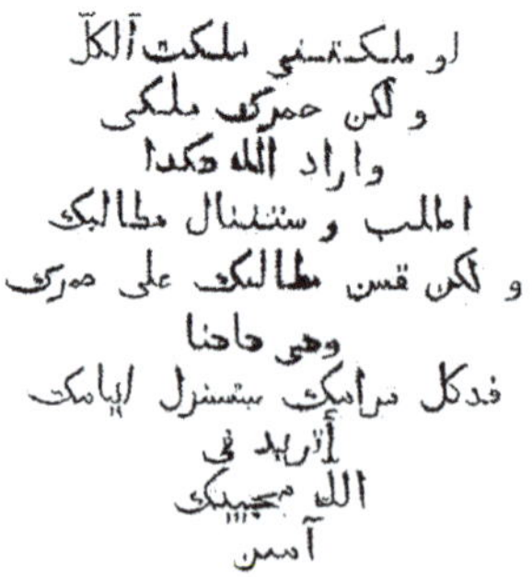

1. Le scepticisme de Raphaël

Comment Raphaël réagit-il face aux affirmations de l'antiquaire ?

En quoi ce type de réaction inscrit-il le texte dans le genre fantastique ?

2. Les paroles de la Peau de chagrin

Quel est l'effet produit par ces lignes écrites en langue étrangère ?

Quel est l'effet produit par la disposition de ces inscriptions (surtout la traduction, page suivante) ?

1. **Onagre** : âne sauvage. 2. **Chagrin** : cuir d'animal, dont la surface présente des grains. L'expression « peau de chagrin » est redondante, puisque « chagrin » désigne déjà une peau.

Ce qui voulait dire en français :

Si tu me possèdes, tu posséderas tout.
Mais ta vie m'appartiendra. Dieu l'a
voulu ainsi. Désire, et tes désirs
seront accomplis. Mais règle
tes souhaits sur ta vie.
Elle est là. À chaque
vouloir je décroîtrai
comme tes jours.
Me veux-tu ?
Prends. Dieu
t'exaucera.
Soit !

– Ah ! vous lisez couramment le sanscrit, dit le vieillard. Peut-être avez-vous voyagé en Perse ou dans le Bengale ?

– Non, monsieur, répondit le jeune homme en tâtant avec curiosité cette Peau symbolique, assez semblable à une feuille de métal par son peu de flexibilité.

Le vieux marchand remit la lampe sur la colonne où il l'avait prise, en lançant au jeune homme un regard empreint d'une froide ironie qui semblait dire : Il ne pense déjà plus à mourir.

– Est-ce une plaisanterie, est-ce un mystère ? demanda le jeune inconnu.

La Peau de chagrin, « Le Talisman ».

LÉGENDE

Termes évoquant :
- la rationalité et la méfiance
- la curiosité face au mystère

3. La perplexité de Raphaël

Quel est désormais l'état d'esprit de Raphaël ?

En quoi cette évolution fait-elle naître l'intérêt romanesque ?

Méthode

Faire une première analyse du texte

1 Le scepticisme de Raphaël
- Comment Raphaël cherche-t-il à prouver l'absence de phénomène surnaturel ?
- En quoi cette démarche presque scientifique s'accompagne-t-elle d'un puissant désir de savoir ?

2 Les paroles de la Peau de chagrin
- Comment l'atmosphère mystérieuse est-elle créée ?
- Montrez que la disposition des lettres possède un sens précis. À quoi fait-elle penser ?

3 La perplexité de Raphaël
- En quoi Raphaël est-il déjà moins incrédule ?
- Pourquoi l'antiquaire est-il ironique ?

Conclusion
- Montrez que la Peau suscite à la fois le mépris et une vive curiosité de Raphaël.

→ Exercice d'explication orale du texte, p. 54.

9 Extrait 2. Portrait de Fœdora

Invité par Rastignac à abandonner sa vie monacale et à s'adonner à la « dissipation », Raphaël rencontre la comtesse russe Fœdora, « riche et sans amant ». Lors de la soirée où on les présente l'un à l'autre, Raphaël, après lui avoir parlé, observe Fœdora de loin, « caché dans l'embrasure d'une fenêtre ».

Si Fœdora méconnaissait aujourd'hui l'amour, elle avait dû jadis être fort passionnée ; car une volupté savante se peignait jusque dans la manière dont elle se posait devant son interlocuteur, elle se soutenait sur la boiserie avec coquetterie, comme une femme près de tomber, mais aussi près de s'enfuir si quelque regard trop vif l'intimide. Les bras mollement croisés, paraissant respirer les paroles, les écoutant même du regard et avec bienveillance, elle exhalait le sentiment. Ses lèvres fraîches et rouges tranchaient sur un teint d'une vive blancheur. Ses cheveux bruns faisaient assez bien valoir la couleur orangée de ses yeux mêlés de veines comme une pierre de Florence, et dont l'expression semblait ajouter de la finesse à ses paroles. Enfin, son corsage[1] était paré des grâces les plus attrayantes. Une rivale aurait peut-être accusé de dureté d'épais sourcils qui paraissaient se rejoindre, et blâmé l'imperceptible duvet qui ornait les contours du visage. Je trouvai la passion empreinte en tout. L'amour était écrit sur les paupières italiennes de cette femme, sur ses belles épaules dignes de la Vénus de Milo[2], dans ses traits, sur sa lèvre supérieure un peu forte et légèrement ombragée. C'était plus qu'une femme, c'était un roman. Oui, ces richesses féminines, l'ensemble harmonieux des lignes, les promesses que cette riche structure faisait à la passion, étaient tempérés par une réserve constante, par une modestie extraordinaire, qui contrastaient avec l'expression de toute la personne. Il fallait une observation aussi sagace que la mienne pour découvrir dans cette nature les signes d'une destinée de volupté. Pour expliquer plus clairement ma pensée, il y avait en Fœdora deux femmes séparées par le buste peut-être ; l'une était froide, la tête seule semblait être amoureuse ;

1. Un portrait sensuel de Fœdora

Quels sont les éléments qui apportent de la sensualité au portrait ?

Que cherche à prouver Raphaël en faisant ce portrait ?

2. Une interprétation du personnage de Fœdora

Pourquoi le jugement d'une rivale est-il évoqué ?

3. Une observation scientifique

1. Corsage : vêtement féminin qui recouvre le buste. C'est donc ici la poitrine qui est désignée. **2. Vénus de Milo :** statue grecque, en marbre, représentant Aphrodite. La statue, dépourvue de bras, est exposée au musée du Louvre depuis 1821.

avant d'arrêter ses yeux sur un homme, elle préparait son regard, comme s'il se passait je ne sais quoi de mystérieux en elle-même, vous eussiez dit d'une convulsion dans ses yeux si brillants. Enfin, ou ma science était imparfaite, et j'avais encore bien des secrets à découvrir dans le monde moral[3], ou la comtesse possédait une belle âme dont les sentiments et les émanations communiquaient à sa physionomie ce charme qui nous subjugue et nous fascine, ascendant tout moral et d'autant plus puissant qu'il s'accorde avec les sympathies du désir. Je sortis ravi, séduit par cette femme, enivré par son luxe, chatouillé dans tout ce que mon cœur avait de noble, de vicieux, de bon, de mauvais.

La Peau de chagrin, « La Femme sans cœur ».

En quoi consiste la « science » de Raphaël ?

Dans quelle mesure le texte suggère-t-il ici que Raphaël se fait en réalité des illusions ?

3. **Le monde moral :** les mœurs, les comportements des individus.

LÉGENDE

Termes évoquant :

- la beauté physique de Fœdora
- le regard de Raphaël

Méthode

Faire une première analyse du texte

1 Un portrait sensuel de Fœdora

- Étudiez la composition du portrait de Fœdora. Y a-t-il une progression dans la description ?

2 Une interprétation du personnage de Fœdora

- Que suggère le discours, imaginé par Raphaël, de la rivale ?
- Quelle vision Raphaël propose-t-il en réponse au discours de la rivale ?

3 Une observation scientifique

- Quels éléments montrent l'assurance de Raphaël, certain de percer le mystère de Fœdora ?
- Quels éléments montrent, à l'inverse, qu'il est incapable de voir la réalité ?

▸ Conclusion

- Demandez-vous en quoi ce portrait laisse présager la relation que Raphaël entretiendra avec Fœdora. En quoi la suite du roman démentira-t-elle les premières observations de Raphaël ?

→ **Exercice d'explication orale du texte, p. 54.**

10 Extrait 3. Leçon de vie de Rastignac

Éconduit par Fœdora, à qui il a avoué ses sentiments et la manière dont il s'est ruiné pour elle, Raphaël est prêt à mettre fin à ses jours. Il rencontre Rastignac qui, une nouvelle fois, fait l'éloge de la « dissipation », vie faite de divertissements superficiels et de dettes jamais payées. C'est Rastignac qui parle d'abord.

– « [...] Écoute, reprit-il, j'ai comme tous les jeunes gens médité sur les suicides. Qui de nous, à trente ans, ne s'est pas tué deux ou trois fois ? Je n'ai rien trouvé de mieux que d'user l'existence par le plaisir. Plonge-toi dans une dissolution[1] profonde, ta passion ou toi, vous y périrez. L'intempérance[2], mon cher, est la reine de toutes les morts. Ne commande-t-elle pas à l'apoplexie[3] foudroyante ? L'apoplexie est un coup de pistolet qui ne nous manque point. Les orgies nous prodiguent tous les plaisirs physiques, n'est-ce pas l'opium en petite monnaie ? En nous forçant de boire à outrance, la débauche porte de mortels défis au vin. Le tonneau de malvoisie du duc de Clarence[4] n'a-t-il pas meilleur goût que les bourbes[5] de la Seine ? Quand nous tombons noblement sous la table, n'est-ce pas une petite asphyxie périodique ? Si la patrouille nous ramasse, en restant étendus sur les lits froids des corps-de-garde, ne jouissons-nous pas des plaisirs de la Morgue, moins les ventres enflés, turgides[6], bleus, verts, plus l'intelligence de la crise ? Ah ! reprit-il, ce long suicide n'est pas une mort d'épicier en faillite. Les négociants ont déshonoré la rivière, ils se jettent à l'eau pour attendrir leurs créanciers. À ta place, je tâcherais de mourir avec élégance. Si tu veux créer un nouveau genre de mort en te débattant ainsi contre la vie, je suis ton second[7]. Je m'ennuie, je suis désappointé. L'Alsacienne qu'on m'a proposée pour femme a six doigts au pied gauche, je ne puis pas vivre avec une femme qui a six doigts ! Cela se saurait, je deviendrais ridicule. Elle n'a que dix-huit mille francs de rente, sa fortune diminue et ses doigts augmentent. Au diable ! En menant une vie enragée, peut-être trouverons-nous le bonheur par hasard ! » Rastignac

1. La débauche, ou la meilleure façon de se suicider

Comment Rastignac établit-il le parallèle entre débauche et suicide ?

Quelle est la tonalité d'ensemble de ce discours ? En quoi est-il inhabituel ?

2. Une proposition d'amitié

En quoi Rastignac est-il une figure de tentateur pour Raphaël ?

1. Dissolution : vie de plaisirs excessifs, sans contrainte morale. **2. Intempérance** : abus des plaisirs. **3. Apoplexie** : attaque cérébrale entraînant la paralysie, voire la mort. **4.** Selon la légende, George Plantagenêt (1449-1478), duc de Clarence, aurait été noyé dans un tonneau de malvoisie (vin doux), sur ordre de son frère, le roi d'Angleterre Édouard IV. **5. Bourbes** : vases qui s'accumulent au fond de l'eau. **6. Turgides** : gonflés, enflés. **7. Second** : assistant, compagnon.

m'entraîna. Ce projet faisait briller de trop fortes séductions, il rallumait trop d'espérances, enfin il avait une couleur trop poétique pour ne pas plaire à un poète. – « Et de l'argent ? lui dis-je. – N'as-tu pas quatre cent cinquante francs ? – Oui, mais je dois à mon tailleur, à mon hôtesse. – Tu paies ton tailleur ? Tu ne seras jamais rien, pas même ministre. – Mais que pouvons-nous avec vingt louis ? – Aller au jeu. Je frissonnai. – Ah ! reprit-il en s'apercevant de ma pruderie, tu veux te lancer dans ce que je nomme le *Système dissipationnel*, et tu as peur d'un tapis vert ! – Écoute, lui répondis-je, j'ai promis à mon père de ne jamais mettre le pied dans une maison de jeu. Non seulement cette promesse est sacrée, mais encore j'éprouve une horreur invincible en passant devant un tripot ; prends mes cent écus, et vas-y seul. Pendant que tu risqueras notre fortune, j'irai mettre mes affaires en ordre, et reviendrai t'attendre chez toi. »

La Peau de chagrin, « La Femme sans cœur ».

3. La hantise du jeu d'argent

En quoi ce passage montre-t-il l'ambiguïté morale de Raphaël ?

LÉGENDE

Termes évoquant :

- l'angoisse et la mort
- le plaisir et l'insouciance

Méthode

Faire une première analyse du texte

1 La débauche, ou la meilleure façon de se suicider

- Montrez comment ce discours cherche, comme le dit Raphaël lui-même, à séduire l'auditeur.

2 Une proposition d'amitié

- En quoi la manière dont Rastignac propose à Raphaël d'être son « second » relève-t-elle d'une forme de tentation ?
- Réfléchissez à la façon dont Rastignac parle de la femme qu'il courtise. En quoi cette évocation complète-t-elle le portrait du personnage ?

3 La hantise du jeu d'argent

- Quels sont les passages antérieurs du roman auxquels ce dialogue fait écho ?
- Comment la fin du texte souligne-t-elle l'incapacité de Raphaël à choisir une ligne de conduite ?

Conclusion

- Demandez-vous en quoi cette scène marque un véritable tournant dans l'évolution de Raphaël. Quel lien peut-on faire avec le thème général du roman ?

→ **Exercice d'explication orale du texte, p. 54.**

11 Extrait 4. Mort de Raphaël

Revenu à Paris, Raphaël demande au docteur Bianchon de lui administrer une boisson à l'opium afin qu'il soit à peine conscient de la réalité. Jonathas, son intendant, organise une fête pour le distraire. Raphaël parvient à s'en extraire mais, quand il retourne dans sa chambre, il y trouve Pauline.

Raphaël tira de dessous son chevet le lambeau de la Peau de chagrin, fragile et petit comme la feuille d'une pervenche, et le lui montrant : – Pauline, belle image de ma vie, disons-nous adieu, dit-il.

– Adieu ? répéta-t-elle d'un air surpris.

– Oui. Ceci est un talisman qui accomplit mes désirs, et représente ma vie. Vois ce qu'il m'en reste. Si tu me regardes encore, je vais mourir...

La jeune fille crut Valentin devenu fou, elle prit le talisman, et alla chercher la lampe. Éclairée par la lueur vacillante qui se projetait également sur Raphaël et sur le talisman, elle examina très attentivement et le visage de son amant et la dernière parcelle de la Peau magique. En la voyant belle de terreur et d'amour, il ne fut plus maître de sa pensée : les souvenirs des scènes caressantes et des joies délirantes de sa passion triomphèrent dans son âme depuis longtemps endormie, et s'y réveillèrent comme un foyer mal éteint.

– Pauline, viens ! Pauline !

Un cri terrible sortit du gosier de la jeune fille, ses yeux se dilatèrent, ses sourcils violemment tirés par une douleur inouïe, s'écartèrent avec horreur, elle lisait dans les yeux de Raphaël un de ces désirs furieux, jadis sa gloire à elle ; mais à mesure que grandissait ce désir, la Peau, en se contractant, lui chatouillait la main. Sans réfléchir, elle s'enfuit dans le salon voisin dont elle ferma la porte.

– Pauline ! Pauline ! cria le moribond en courant après elle, je t'aime, je t'adore, je te veux ! Je te maudis, si tu ne m'ouvres ! Je veux mourir à toi !

Par une force singulière, dernier éclat de vie, il jeta la porte à terre, et vit sa maîtresse à demi nue se roulant sur un canapé. Pauline avait tenté vainement de se déchirer le sein, et pour se donner une prompte mort, elle cherchait à s'étrangler avec son châle. – « Si je meurs, il vivra ! » disait-elle en tâchant

1. La révélation du secret

En quoi retrouve-t-on une atmosphère fantastique dans cette dernière scène ?

2. Le dernier sursaut de désir

En quoi ce passage permet-il de montrer le caractère destructeur du désir ?

3. Le dernier soupir

En quoi ce passage est-il violemment tragique ?

vainement de serrer le nœud. Ses cheveux étaient épars, ses épaules nues, ses vêtements en désordre, et dans cette lutte avec la mort, les yeux en pleurs, le visage enflammé, se tordant sous un horrible désespoir, elle présentait à Raphaël, ivre d'amour, mille beautés qui augmentèrent son délire ; il se jeta sur elle avec la légèreté d'un oiseau de proie, brisa le châle, et voulut la prendre dans ses bras.

Le moribond chercha des paroles pour exprimer le désir qui dévorait toutes ses forces ; mais il ne trouva que les sons étranglés du râle dans sa poitrine, dont chaque respiration creusée plus avant semblait partir de ses entrailles. Enfin, ne pouvant bientôt plus former de sons, il mordit Pauline au sein. Jonathas se présenta tout épouvanté des cris qu'il entendait, et tenta d'arracher à la jeune fille le cadavre sur lequel elle s'était accroupie dans un coin.

La Peau de chagrin, « L'Agonie ».

En quoi est-il aussi profondément romantique ?

LÉGENDE

Termes évoquant :
- la maladie et la mort
- le désir et l'amour

Méthode

Faire une première analyse du texte

1 La révélation du secret

- Étudiez la dimension fantastique du passage. En quoi rend-elle plus impressionnante la scène de la mort ?

2 Le dernier sursaut de désir

- Étudiez l'association entre l'amour et la mort : en quoi sommes-nous ici au comble de la mise en scène du caractère destructeur des passions ?

3 Le dernier soupir

- En quoi le portrait de Pauline permet-il de mettre en évidence la violence du désir et de l'amour ?
- Dans quelle mesure ce passage est-il savamment mis en scène, à la manière d'un tableau ou d'un dénouement théâtral ?

Conclusion

- Demandez-vous comment Balzac s'y prend pour laisser le lecteur sur une dernière image impressionnante. Quel but vise-t-il ?

→ **Exercice d'explication orale du texte, p. 54.**

MÉMO VISUEL

1 Se préparer

Pendant l'année

- Revoir les **explications** faites en cours.
- Approfondir ses **connaissances** sur l'œuvre, l'auteur, le contexte…
- Faire des fiches de **révision** sur chaque texte.
- Revoir les notions de **grammaire** au programme.

Le jour J

- Relire le texte sélectionné en repérant les **difficultés de lecture**.
- L'**annoter** : mouvements, mots-clés, principaux procédés à commenter…
- Rédiger l'**introduction** et la **conclusion**.
- Répondre à la **question de grammaire**.

RÉUSSIR

5 Réussir l'entretien

Présenter l'œuvre choisie

- **Être bref** mais efficace.
- **Ouvrir** des pistes d'étude de l'œuvre sans entrer dans les détails.
- **Justifier** le choix de l'œuvre en développant un avis personnel.

Dialoguer avec l'examinateur

- **Répondre** précisément à chaque question.
- **Développer** les réponses en élargissant progressivement.
- **Faire des liens** avec d'autres œuvres.

L'ÉPREUVE ORALE

2 Faire une lecture du texte à voix haute

- Commencer par **présenter l'extrait** en le situant dans l'œuvre ou le parcours auquel il appartient.
- Faire une lecture adaptée au **genre littéraire** : poésie, théâtre…
- Être **expressif** mais pas exagérément.
- Respecter les **liaisons** et la **ponctuation**.

3 Expliquer le texte

- Formuler l'**enjeu principal** du texte, qui servira de fil conducteur à l'explication.
- Faire le lien entre les **impressions de lecture** et les **procédés** utilisés.
- Procéder dans l'**ordre du texte**, en regroupant les remarques qui se recoupent.

4 Répondre à la question de grammaire

→ chapitre 4

- Utiliser les **termes grammaticaux** correspondant à la notion.
- Tenir compte du **contexte syntaxique**.

OBJECTIF BAC

Lors de la première partie de l'épreuve orale du bac de français, vous êtes interrogé(e) sur l'un des textes figurant dans votre récapitulatif. Il vous est demandé d'en lire à voix haute un passage, de l'expliquer, enfin de répondre à une question de grammaire → CHAPITRE 4.

Nous vous proposons un entraînement sur les quatre extraits de *La Peau de chagrin* présentés dans les fiches 8, 9, 10 et 11 de ce chapitre.

1 Explication de l'extrait 1 • Découverte de la Peau de chagrin

Expliquez l'extrait de *La Peau de chagrin*. → FICHE 8

CONSEIL
Aidez-vous des Clés pour réussir ci-contre.

→ Méthode, p. 45.

2 Explication de l'extrait 2 • Portrait de Fœdora

Expliquez l'extrait de *La Peau de chagrin*. → FICHE 9

CONSEIL
Pour bien lire l'extrait à voix haute, faites sentir à la fois la naïveté de Raphaël au moment où il a vécu la scène et son ironie lorsqu'il la raconte des années plus tard.

→ Méthode, p. 47.

3 Explication de l'extrait 3 • Leçon de vie de Rastignac

Expliquez l'extrait de *La Peau de chagrin*. → FICHE 10

CONSEIL
Pour bien lire les lignes 5 à 21 à voix haute, souvenez-vous que Rastignac est un brillant séducteur : il faut être un peu théâtral, voire grandiloquent.

→ Méthode, p. 49.

4 Explication de l'extrait 4 • Mort de Raphaël

Expliquez l'extrait de *La Peau de chagrin*. → FICHE 11

CONSEIL
Pour bien lire les lignes 19 à 25 à voix haute, faites sentir que l'action devient haletante, en accélérant le début et en détachant bien chaque action.

→ Méthode, p. 51.

LES CLÉS POUR RÉUSSIR

Situer l'extrait 1 dans l'œuvre, le lire à voix haute

1 Situer l'extrait

- Rappelez brièvement le contexte de publication et le sujet du roman.
- Aidez-vous du chapeau (paragraphe qui introduit l'extrait), p. 44.

2 Lire l'extrait à haute voix

- Faites sentir la différence de voix entre l'antiquaire, sage et ironique, et Raphaël, sceptique mais néanmoins curieux.
- Vous n'avez pas à lire le texte inscrit sur la Peau de chagrin dans sa version originale. En revanche, restituez l'atmosphère magique du passage quand vous en lisez la traduction.

Expliquer l'extrait 1

1 Formuler la problématique

- Quel est l'intérêt de ce texte ? Qu'est-ce qui le caractérise et le singularise ?
- Vous pouvez vous appuyer sur la conclusion de la Méthode, p. 45.

2 Expliquer le texte en vous appuyant sur sa structure

- Délimitez trois parties dans l'extrait. Aidez-vous du découpage, p. 44-45.
- Commencez l'analyse de chaque partie en en indiquant la (ou les) caractéristique(s) majeure(s), étayez votre démonstration en vous appuyant sur le texte.

3 Conclure

- Répondez à la question de la problématique que vous avez posée en fin d'introduction : Raphaël est une figure du lecteur, qui trouve la scène invraisemblable mais désire ardemment y croire, pour se laisser emporter dans un tourbillon d'aventures romanesques.
- Pour élargir, faites le lien entre la curiosité de Raphaël et les aspirations du héros romantique. Quel destin cette Peau de chagrin semble-t-elle annoncer pour Raphaël ?

CORRIGÉS

OBJECTIF BAC

Les corrigés des explications sont présentés sous forme de plans.

1 Explication de l'extrait 1 • Découverte de la Peau de chagrin

Introduction

[Situation de l'extrait] Publié en 1831, *La Peau de chagrin*, de Balzac, ressemble dans ses premières pages à un conte fantastique. Le héros, Raphaël de Valentin, entre chez un mystérieux antiquaire qui lui révèle l'existence d'une énigmatique Peau de chagrin. **[Problématique]** Dans quelle mesure l'attitude ambivalente de Raphaël, entre scepticisme et curiosité, contribue-t-elle à susciter l'intérêt romanesque ?

I. Le scepticisme de Raphaël (l. 1-19, p. 44)

- Conformément aux principes de la littérature fantastique, l'apparition du surnaturel amène le personnage à chercher une **explication rationnelle**.
- Raphaël fait d'abord appel à l'**expérience empirique** : à l'aide d'un « instrument », il souhaite déterminer le « procédé » utilisé. Son discours est purement technique.
- Il continue ensuite d'affirmer qu'une explication rationnelle doit pouvoir exister, en évoquant « l'industrie du Levant ».

II. Les paroles de la Peau de chagrin (l. 20-34, p. 44-45)

- Le **texte** inscrit sur la Peau de chagrin est présenté d'abord dans sa langue originale, puis traduit : les lecteurs le découvrent en même temps que Raphaël.
- La présence du texte en langue originale crée une **zone d'illisibilité** dans le texte : nous sommes momentanément plongés dans l'obscurité d'un monde étranger, lointain et incompréhensible.
- Comme le texte original, la traduction est disposée en **triangle**, symbolisant la **vie qui se rétrécit** progressivement.

À NOTER

On peut considérer l'inscription figurant sur la Peau comme un **calligramme**, pour reprendre un terme inventé plus tard par le poète Apollinaire (1880-1918).

III. La perplexité de Raphaël (l. 35-44, p. 45)

- Hésitant entre deux explications (la « plaisanterie » ou le « mystère »), Raphaël a perdu son assurance et incarne désormais l'**ambivalence propre au fantastique**.
- Raphaël fait toujours preuve de « curiosité », plus seulement scientifique : il s'agit à présent d'un véritable désir de savoir. La Peau de chagrin suscite d'emblée le **désir**.
- La réaction ironique de l'**antiquaire** le souligne : Raphaël a oublié ses idées suicidaires dès qu'il a trouvé un nouvel **objet à désirer**.

Conclusion

- La Peau de chagrin devient intéressante pour Raphaël à partir du moment où il ne parvient pas à l'expliquer rationnellement. Elle devient également intéressante pour le lecteur, qui attend la suite de l'histoire avec impatience.

▸ Cet extrait met en évidence le caractère du héros romantique : c'est celui qui, dans un monde qui lui ferme toutes les portes, garde l'ambition de satisfaire ses désirs – quitte à chercher ce moyen dans la magie.

2 Explication de l'extrait 2 • Portrait de Fœdora

Introduction

[Situation de l'extrait] Le récit que Raphaël fait à Émile commence par la vie « monacale » qu'il a menée pendant trois ans. Tout bascule lorsque Rastignac l'introduit auprès de Fœdora, dont Raphaël tombe éperdument amoureux. **[Problématique]** Comment ce portrait révèle-t-il la véritable personnalité de Fœdora tout autant que l'aveuglement de Raphaël ?

I. Un portrait sensuel de Fœdora (l. 1-14, p. 46)

▸ Raphaël veut prouver que Fœdora n'est **pas si froide** qu'elle le paraît : le portrait qu'il en fait vise à montrer la sensualité qui se dégage d'elle.

▸ Le portrait commence par décrire l'attitude générale puis la gestuelle de Fœdora. Raphaël détaille ensuite chaque élément de son visage, pour finir par son « corsage ». Le portrait est **de plus en plus intime.**

▸ Mais les éléments visuels, notamment les couleurs (rouges, bruns, orangés), suggèrent que Raphaël voit Fœdora comme un **tableau.** Il porte d'ailleurs le nom du peintre italien Raphaël (1483-1520). Sa vision paraît d'emblée éloignée de la réalité.

> **À NOTER**
> Cette manière de décrire le corps et le visage féminins partie par partie relève de la tradition poétique du **blason**, très présente dans la poésie du XVIe siècle.

II. Une interprétation du personnage de Fœdora (l. 14-25, p. 46)

▸ Cherchant à percer le secret de Fœdora bien plus qu'à la décrire objectivement, Raphaël propose une **interprétation faussée** par son regard amoureux.

▸ Il imagine le discours d'une rivale qui contredit l'idéalisation de Raphaël et les stéréotypes féminins qu'il lui prête (timidité, grâce…). Le jugement de la rivale sème ainsi le **doute sur la véracité** du discours de Raphaël.

▸ Raphaël se répond à lui-même en faisant de nouveau de Fœdora une **œuvre d'art**, cette fois une sculpture.

III. Une observation scientifique (l. 25-41, p. 46-47)

▸ Comme lorsqu'il découvre la Peau de chagrin, Raphaël semble un peu trop sûr de son **savoir scientifique**. Il croit pouvoir déchiffrer des « signes », alors qu'il s'aveugle.

▸ Mais le **lexique décrivant l'envoûtement** produit par Fœdora, qui « nous subjugue et nous fascine », sur Raphaël, « séduit », « enivré », discrédite les prétentions scientifiques du narrateur.

▸ L'énumération finale montre que Raphaël n'est plus capable de distinguer le bien du mal. Comment pourrait-il juger qu'une personne a une « belle âme » ?

> **À NOTER**
> Balzac s'intéressait aux sciences de l'époque, aujourd'hui considérées comme des pseudosciences, telle la **physiognomonie**, qui prétend déterminer les traits de caractère à partir des traits du visage.

Conclusion

- Le portrait sensuel se double d'une tentative de déchiffrer le mystère de Fœdora. Mais Raphaël ne parvient qu'à nous prouver son manque de clairvoyance et à suggérer le caractère égoïste et insensible de Fœdora.
- La suite du roman confirmera que Raphaël s'est totalement mépris dans ce premier portrait.

3 Explication de l'extrait 3 • Leçon de vie de Rastignac

Introduction

[Situation de l'extrait] Nous sommes ici à un moment charnière du roman : éconduit par Fœdora, Raphaël songe à se suicider, mais Rastignac l'en dissuade, expliquant que la « dissipation » est une forme de suicide plus noble. Raphaël devient donc un « viveur ». **[Problématique]** Comment Balzac met-il en œuvre son talent rhétorique au service d'un personnage incarnant l'immoralité ?

I. La débauche, ou la meilleure façon de se suicider (l. 1-21, p. 48)

- Le texte commence par une longue tirade de Rastignac, où celui-ci fait preuve d'une grande **virtuosité rhétorique** au service d'un paradoxe : il vaut mieux mourir dans la débauche que se suicider d'un coup. Ce brio verbal et cette impertinence provocatrice cherchent à séduire l'auditeur mais aussi le lecteur.
- La tirade repose d'abord sur une série de **parallèles** : entre apoplexie et coup de pistolet, orgies et opium, vin des ivrognes et eau des noyés...

> **À NOTER**
> On peut ici parler d'**éloge paradoxal** : le personnage fait l'éloge d'une chose habituellement considérée comme blâmable.

- Rastignac joue son rôle de **dandy**, affirmant que l'essentiel, même dans la mort, est de rester élégant (« mourir avec élégance »).

II. Une proposition d'amitié (l. 21-31, p. 48-49)

- Rastignac propose à Raphaël d'être son compagnon de débauche en goûtant à des plaisirs que Raphaël s'était toujours interdits. On retrouve ici le **thème de la tentation**, déjà présent dans la scène avec l'antiquaire : un tentateur propose à Raphaël un pacte qui le conduira à la mort.
- Raphaël fait preuve de **lucidité rétrospective** en soulignant la « couleur trop poétique » du discours. Il parle de lui-même à la troisième personne (« un poète ») pour accentuer son recul critique envers sa naïveté passée.
- Le **cynisme** affiché par Rastignac à propos de la femme qu'il courtise, ramenée à des chiffres (le nombre de ses doigts, le montant de son argent) renforce son caractère provocateur.

III. La hantise du jeu d'argent (l. 31-43, p. 49)

- On trouve ici l'écho de la première scène du roman où l'on voit Raphaël entrer dans un tripot, et de la première fois où il a joué à un jeu d'argent chez le duc de Navarreins. Raphaël, **dépourvu de volonté**, retombe toujours dans les mêmes pièges.

- Face à cette perspective, le discours de Raphaël se fait très solennel, par le recours aux hyperboles : « cette promesse est sacrée », « horreur invincible ». Son discours semble d'une grande **dignité morale**, contrastant avec celui de Rastignac.
- Ce passage révèle cependant l'**ambiguïté morale** de Raphaël : il ne veut pas jouer, mais donne malgré tout son argent à Rastignac pour qu'il joue à sa place.

Conclusion

- Il s'agit ici d'un premier « pacte avec le diable », qui annonce celui que Raphaël passera avec la Peau de chagrin, épisode qui apparaît plus tôt dans le roman, mais qui est postérieur dans la chronologie des faits racontés. On retrouve le thème général du roman : la faiblesse de l'être humain face à ses désirs.
- Comme il le fera avec la Peau de chagrin, Raphaël se laisse éblouir par la proposition de Rastignac et choisit un suicide plus lent, mais dont l'issue est la même.

4 Explication de l'extrait 4 • Mort de Raphaël

Introduction

[Situation de l'extrait] Le dénouement de *La Peau de chagrin* est, pour le lecteur, plus que prévisible : on sait que Raphaël ne parviendra pas à sortir de ce piège mortel. Ce n'est donc pas sur l'effet de surprise que mise le romancier, mais sur le caractère spectaculaire de son dénouement. **[Problématique]** Dans quelle mesure ce final impressionnant permet-il de montrer le caractère destructeur de la passion ?

I. La révélation du secret (l. 1-13, p. 50)

- La fin du roman réintroduit l'**atmosphère sombre et fantastique** du début, pour préparer un dénouement qui répond à la scène initiale.
- On retrouve la présence du **surnaturel**, avec la Peau de chagrin réduite à un « lambeau » et le doute exprimé par Pauline, qui croit Raphaël « devenu fou ».
- La scène baigne dans un **climat irréel**, souligné par le jeu de clair-obscur lorsque Pauline contemple la Peau de chagrin à la « lueur vacillante » de la lampe.

> **À NOTER**
> Ce n'est pas un hasard si Balzac compare la Peau à une feuille de pervenche : cette fleur mauve, traditionnelle couleur de deuil, est surnommée **violette des morts**.

II. Le dernier sursaut de désir (l. 13-28, p. 50)

- Ce dénouement associe **l'amour et la mort**, en donnant une dimension érotique à la peur et à la maladie. La scène est aussi terrifiante pour Pauline que pour le lecteur.
- Le désir de Raphaël est présenté comme destructeur : l'**image du feu** (le « foyer mal éteint ») superpose une métaphore traditionnelle de l'amour à l'idée d'une destruction violente.
- Le désir « furieux » de Raphaël est signifié par ses **exclamations** qui sont autant de souhaits adressés à la Peau de chagrin, comme le souligne la répétition : « je te veux ! », « Je veux mourir à toi ! »

III. Le dernier soupir (l. 29-48, p. 50-51)

- Balzac conclut son roman par une remarquable **symétrie** : d'un côté, Pauline qui tente de se sacrifier pour sauver celui qu'elle aime ; de l'autre, Raphaël qui meurt de désir pour celle qu'il aime.
- Le **tragique de la scène** tient d'abord à la présence des thèmes du sacrifice, du suicide et de la mort inévitable (l'adverbe « vainement » est répété), mais aussi à la description organique de la mort (« râle », « cadavre »).
- Cette ultime scène d'amour entre deux êtres sur le point de mourir donne aussi au texte une **dimension fortement romantique**.

Conclusion

- Le dénouement du roman, qui voit Raphaël mourir dans les bras de celle qu'il a voulu posséder jusqu'à la fin, illustre le précepte-clé du roman : Vouloir nous brûle mais pouvoir nous détruit.
- Le roman est donc bien, comme l'annonçait l'antiquaire, l'histoire d'un suicide retardé.

4 Répondre à des questions de **grammaire**

12 Le verbe : formes et valeurs

Vous devez savoir reconnaître le mode et le temps d'un verbe, mais aussi expliquer l'emploi du mode et préciser la valeur du temps.

I Identifier le mode d'un verbe

■ On distingue les modes personnels et non personnels : un verbe à un mode personnel varie selon la personne grammaticale.

Modes non personnels

- **Infinitif :** *parler* (présent), *avoir parlé* (passé)
  « Où **courir** ? Où ne pas **courir** ? » Molière
- **Participe :** *parlant* (présent), *ayant parlé/parlé* (passé)
  « La Cigale **ayant chanté**/Tout l'été/Se trouva fort dépourvue/Quand la bise fut venue. » La Fontaine

Modes personnels

- **Indicatif :** l'action – située dans le passé, le présent ou le futur – est présentée comme certaine.
  « Il **est** certain que M. Duroy **a** un esprit original. » Maupassant
- **Subjonctif :** l'action est seulement envisagée.
  « Il se peut donc que tu ne **sois** pas bien à ton aise ? » Molière
- **Impératif :** l'action est ordonnée, conseillée.
  « Qu'avez-vous fait ? **Dis**-moi ! **Réponds**-moi ! **Parle**-moi ! » Hugo

À NOTER
Longtemps considéré comme un mode, le **conditionnel** est désormais classé comme **un temps de l'indicatif**. Il permet d'exprimer le futur à partir d'un moment du passé (valeur temporelle) ou une action soumise à une condition (valeur modale).

II Reconnaître le temps d'un verbe

1 Les temps de l'indicatif

Temps simples	**Imparfait** *je parlais*	**Passé simple** *je parlai*	**Présent** *je parle*	**Futur** *je parlerai*	**Cond. présent** *je parlerais*
Temps composés	**Plus-que-parfait** *j'avais parlé*	**Passé antérieur** *j'eus parlé*	**Passé composé** *j'ai parlé*	**Futur antérieur** *j'aurai parlé*	**Conditionnel passé** *j'aurais parlé*

2 Les temps du subjonctif et de l'impératif

- Le **subjonctif** présente deux temps simples (présent : *qu'il parle* ; imparfait : *qu'elle parlât*) et deux temps composés (passé : *qu'il ait parlé* ; plus-que-parfait : *qu'elle eût parlé*).

  « Que vouliez-vous qu'il **fît** ? » Molière [subjonctif imparfait]

- L'**impératif** ne connaît que deux temps : présent (*parle !*) et passé (*aie parlé !*).

  « **Regarde-moi** mon cher et **dis** quelle espérance [impératif présent]
  Pourrait bien me laisser cette protubérance ! » Rostand

3 La concordance des temps

- Il y a concordance des temps quand le temps d'un verbe dans une proposition **subordonnée** s'explique par le temps du verbe dans la **principale**.

  Je me **doute** bien que tôt ou tard vous me **direz** adieu.
  [présent dans la principale + futur dans la subordonnée]

  Je me **doutais** bien que tôt ou tard vous me **diriez** adieu.
  [imparfait dans la principale + cond. présent (= futur du passé) dans la subordonnée]

III Analyser la valeur d'un temps

1 Temps simples et temps composés

- Les temps composés indiquent que l'action est achevée (aspect **accompli**), les temps simples qu'elle est en cours de déroulement (aspect **inaccompli**).

  « Madame **se meurt** [inaccompli] ! Madame **est morte** [accompli] ! » Bossuet

2 Le présent de l'indicatif

- Il sert à exprimer une **action contemporaine de l'énonciation**.
- Il peut aussi exprimer un fait vrai de tout temps (présent de **vérité générale**).

  « Rien ne **sert** de courir, il **faut** partir à point. » La Fontaine

- Dans un récit au passé, il peut remplacer un temps du passé pour donner l'illusion que l'action se déroule en ce moment (présent de **narration**).

3 Le passé simple et l'imparfait

- Le **passé simple** s'emploie pour une action passée délimitée dans le temps (aspect **borné**). Il permet de rapporter les actions successives d'un récit.

  « Lol **quitta** S. Tahla, sa ville natale, pendant dix ans. » Duras

- L'**imparfait** s'emploie pour une action passée présentée dans son déroulement (aspect **non borné**). Il permet d'évoquer l'arrière-plan d'un récit.

  « Elle **restait** là, toujours recroquevillée, attendant, sans rien faire. » Sarraute

13 Les relations au sein de la phrase complexe

Une phrase simple comprend une seule proposition, alors qu'une phrase complexe en comprend plusieurs.

I Étudier une phrase complexe

1 Délimiter les propositions

■ Pour délimiter les propositions dans une phrase complexe, il faut **repérer les verbes** (associés à des sujets) et observer les mots ou les signes de ponctuation qui marquent les limites entre deux propositions.

> « [La mémoire de la plupart des hommes est un cimetière abandonné,] [**où** gisent sans honneurs des morts] [**qu'**ils ont cessé de chérir]. » Yourcenar
>
> Cette phrase complexe comprend 3 verbes, donc 3 propositions (entre crochets).

2 Analyser les liens entre deux propositions indépendantes

Des propositions qui conservent une certaine autonomie au sein de la phrase complexe sont dites **indépendantes**.

■ Elles sont **juxtaposées** si elles sont séparées par une virgule, un point-virgule ou un deux-points.

> « Je le vis**,** je rougis**,** je pâlis à sa vue. » Racine

■ Elles sont **coordonnées** si elles sont reliées par une conjonction de coordination (*mais, ou, et, donc, or, ni, car*) ou un adverbe de liaison (*puis, en effet, pourtant*...).

3 Reconnaître un lien de subordination

■ Ce lien existe quand on ne peut pas séparer deux propositions d'une phrase complexe. On distingue alors la **proposition principale** et la **proposition subordonnée**, en général introduite par un mot subordonnant.

> **À NOTER**
> On peut **juxtaposer ou coordonner** non seulement des propositions indépendantes, mais aussi des propositions subordonnées ayant la même fonction.

II Analyser une proposition subordonnée

1 Identifier la nature d'une subordonnée

■ Pour identifier la nature d'une subordonnée, il faut **observer le subordonnant**.

Mot subordonnant	Nature de la subordonnée
conjonction de subordination *que, quand, comme*...	subordonnée conjonctive « Je sais seulement [**qu'**il est l'homme du monde le plus malheureux et le plus à plaindre]. » La Fayette

mot interrogatif *si, ce que, comment, pourquoi…*	subordonnée interrogative indirecte « Je ne sais [**si** je m'abuse], mais il me semble que le véritable amour est le plus chaste de tous les liens. » Rousseau
pronom relatif *qui, que, dont, où, lequel…*	subordonnée relative « Et mon âme abattue Cède au coup [**qui** me tue]. » Corneille
pas de mot subordonnant	subordonnée participiale : sujet + participe « Et [le souper fini], nous nous fûmes coucher. » Molière
	subordonnée infinitive : sujet + infinitif « On entendait juste [l'eau du robinet s'écouler sur des fraises dans une passoire]. » Ernaux

À NOTER
Parmi les mots subordonnants, seul le **pronom relatif** exerce une fonction au sein de la proposition subordonnée.

2 Identifier la fonction d'une subordonnée

■ Pour identifier la fonction d'une subordonnée, il faut **s'interroger sur son rôle**. Voici les fonctions principales que peut remplir une subordonnée, selon sa nature.

Nature de la subordonnée	Fonction
conjonctive → FICHE 15	sujet, complément d'objet => subordonnée complétive
	complément circonstanciel => subordonnée circonstancielle
interrogative indirecte → FICHE 16	COD
relative (adjective) → FICHE 14	épithète ou apposée
participiale	complément circonstanciel
infinitive	COD

14 Les propositions subordonnées relatives

Une proposition subordonnée relative est introduite par un pronom relatif. Elle joue le plus souvent le même rôle qu'un adjectif dans un groupe nominal.

I Repérer une proposition subordonnée relative

1 Reconnaître un pronom relatif

- Le pronom relatif peut être simple (*qui, que, quoi, dont, où*) ou composé (*lequel, auquel, duquel*...).
- Sa forme varie selon la fonction qu'il occupe dans la relative.

Fonctions	Formes	Exemple
sujet	*qui, lequel*	« Et mon âme abattue Cède au coup [**qui** me tue]. » Corneille
• **COD** • **attribut du sujet**	*que*	« Toute faute [**qu'**on fait] est un cachot [**qu'**on s'ouvre]. » Hugo
COI introduit par *à*	*à qui, à quoi, auquel*	« Il y avait en Westphalie un jeune garçon [**à qui** la nature avait donné les mœurs les plus douces]. » Voltaire
complément (COI, C. du nom...) **introduit par *de***	*dont, duquel*	« L'art est une démonstration [**dont** la nature est la preuve]. » Sand
complément (COI, CC) **introduit par une autre prép.**	*où*, prép. + *qui/quoi*, prép. + *lequel*	« Voilà l'état [**où** sont les choses] à l'heure que je vous parle. » La Fayette

CONSEIL
Distinguez bien le pronom relatif ***que*** (*Le chat **que** je vois.*) de la conjonction de subordination ***que*** qui introduit une proposition conjonctive (*Je vois **que** ce chat*).

2 Identifier l'antécédent du pronom relatif

L'antécédent est le mot ou le groupe de mots que remplace un pronom relatif.

- Si le pronom relatif a un antécédent (nom, GN ou pronom), la relative est adjective.

> « Je forme une entreprise [**qui** n'eut jamais d'exemple], et [**dont** l'exécution n'aura point d'imitateur]. » Rousseau
>
> Les pronoms relatifs « qui » et « dont » ont pour antécédent « une entreprise », les deux relatives caractérisent le nom « entreprise » comme le ferait un adjectif.

- Si le pronom relatif n'a pas d'antécédent, la relative est substantive. Elle joue le même rôle qu'un GN.

« [Qui ne voit pas la vanité du monde] est bien vain lui-même. » Pascal
Le pronom relatif « qui » n'a pas d'antécédent ici. La relative équivaut à un GN.

À NOTER
Une relative substantive peut être également introduite par ***quiconque*** ou par ***ce que*** ou ***ce qui*** : « je ne puis refuser mon cœur à tout **ce que** je vois d'aimable » (Molière).

II Déterminer la fonction d'une subordonnée relative

1 La subordonnée relative adjective

- La relative adjective possède les mêmes fonctions que l'adjectif dans un GN.

Fonctions de la relative adjective

- **épithète** si elle détermine le nom et ne peut être supprimée sans changer le sens.
« … il n'est point dans la nature de fuir les gens [**que** l'on aime] et [**qui** nous aiment] ! » Dumas
[« les gens » = tout le monde ;
« les gens que l'on aime et qui nous aiment » = certaines personnes]

- **apposée** si elle a une valeur descriptive ou explicative, et peut être supprimée sans changer le sens.
« En promenade, il causait avec le domestique, [**qui** était de la campagne comme lui]. » Flaubert
[« le domestique »
= « le domestique qui était de la campagne comme lui »]

2 La subordonnée relative substantive

- La relative substantive possède les mêmes fonctions qu'un GN.
Elle peut donc être sujet, COD, COI, CC, etc.

« Choisis [**qui** tu voudras], Chimène, et choisis bien. » Corneille
La subordonnée relative est COD du verbe « choisis ».

III Étudier le mode dans la subordonnée relative

- La relative est le plus souvent à l'indicatif.
- Le subjonctif apparaît quand l'existence de la chose désignée n'est pas certaine.

Je cherche un endroit qui me **plaît**. [Un tel endroit existe.]

Je cherche un endroit qui me **plaise**. [On ne sait pas si un tel endroit existe.]

15 Les propositions subordonnées conjonctives

Une proposition subordonnée conjonctive est introduite par une conjonction de subordination. Selon la fonction qu'elle occupe, elle est complétive ou circonstancielle.

I Analyser une subordonnée conjonctive complétive

1 Reconnaître une conjonctive complétive

■ Une subordonnée conjonctive complétive est introduite par la conjonction de subordination ***que*** ou les locutions conjonctives ***à ce que***, ***de ce que***.

Il me semble parfois [**que** je n'existe pas vraiment].

Je m'attends [**à ce qu**'elle m'annonce une catastrophe].

2 Indiquer sa fonction

■ Comme son nom l'indique, la subordonnée conjonctive complétive est le plus souvent COD ou COI.

« Je sens [**que** des oiseaux sont ivres
D'être parmi l'écume inconnue et les cieux] ! »
Mallarmé

La subordonnée est COD. On ne peut pas la supprimer, mais on peut la transformer en pronom personnel COD (Je le sens !).

À NOTER
Une conjonctive complétive peut être aussi sujet (***Qu****'il vienne serait une belle surprise*) ou complément d'une forme impersonnelle (*Il faut* ***que*** *tu viennes*).

II Analyser une subordonnée conjonctive circonstancielle

1 Reconnaître une conjonctive circonstancielle

■ Une subordonnée conjonctive circonstancielle équivaut à un GN complément circonstanciel. Comme lui, elle peut être supprimée.

2 Préciser la circonstance exprimée

Circonstance	Conjonction de subordination	Exemple
temps	*quand, avant que…*	« Ah ! [**Quand** je vous parle de moi], je vous parle de vous. » Hugo
but	*pour que, afin que… de peur que…*	«… [**pour que** vous vous intéressiez à moi], il faut que je vous parle de vous. » Duras

cause	*parce que, puisque, comme…*	« [**Parce que** vous êtes un grand seigneur], vous vous croyez un grand génie ! » Beaumarchais
conséquence	*de sorte que, si bien que, tellement… que…*	« C'était **tellement** simple et probable [**que** tout le monde en fut d'accord]. » Maupassant
comparaison	*comme, autant que…*	« Il pleure dans mon cœur [**Comme** il pleut sur la ville] » Verlaine
opposition concession	*alors que, tandis que* *bien que, quoique…*	« [**Quoiqu**'elle fût dans une extrême jeunesse], l'on avait déjà proposé plusieurs mariages. » La Fayette
condition	*si, à condition que, à supposer que…*	« [**Si** mon ouvrage est bon], il vous fera plaisir ; [**s**'il est mauvais], il ne fera point de mal. » Diderot

CONSEIL
Distinguez la **conjonction *si*** introduisant une subordonnée CC de condition (***Si** elle vient, nous la verrons*) et l'**adverbe interrogatif *si*** introduisant une interrogative indirecte (*Je me demande **si** elle vient*).

III Étudier le mode dans une subordonnée conjonctive

■ Le verbe d'une subordonnée conjonctive est **à l'indicatif ou au subjonctif**. Le subjonctif apparaît pour signaler que l'action est seulement envisagée.

■ Pour **justifier l'emploi du mode**, on analyse – selon le type de conjonctive – le verbe principal ou le mot subordonnant.

Subordonnée	Mot observé	Exemple
conjonctive complétive	le verbe dont la subordonnée est complément	« Burrhus, dans ce palais je veux [qu'on la retienne]. » Racine [Le verbe principal exprime la volonté → subordonnée au subjonctif.]
conjonctive circonstancielle	le mot subordonnant	« Une minute plus tard, [sans que nous eussions échangé d'autres paroles], elle pleurait… » Colette [*Sans que* est suivi du subjonctif.]

16 L'interrogation

Une interrogation peut être directe ou indirecte (selon sa construction syntaxique), totale ou partielle (selon sa portée sémantique). Elle peut appeler une réponse ou non (quand on l'étudie sur le plan pragmatique).

I Distinguer l'interrogation directe et l'interrogation indirecte

1 Reconnaître une interrogation directe

■ On parle d'interrogation directe quand la phrase se termine par un point d'interrogation.

■ Cette phrase présente alors souvent une inversion de l'ordre sujet-verbe. Mais il faut distinguer deux types d'inversion :
– l'inversion simple (verbe + sujet inversé) ;

« Comment peut-on être persan ? » Montesquieu

– l'inversion complexe (sujet + verbe + pronom de reprise du sujet).

Comment Orgon peut-il être aveugle à ce point ?

> **À NOTER**
> **On n'inverse pas le sujet :**
> – quand le pronom interrogatif *qui* est le sujet du verbe (« Qui remue là entre les branches ? », Musset) ;
> – avec la locution *est-ce que* ;
> – à l'oral, quand l'interrogation est simplement marquée par l'intonation.

2 Reconnaître une interrogation indirecte

■ On parle d'interrogation indirecte quand la question posée est rapportée sous la forme d'une proposition subordonnée. Celle-ci complète un verbe exprimant une demande d'information (*demander, ignorer, ne pas savoir*…).

Je me demande [**quelles** sont ses intentions].

II Distinguer l'interrogation totale et l'interrogation partielle

1 L'interrogation totale

■ L'interrogation est totale lorsque la question porte sur l'ensemble de la phrase et que la réponse attendue est oui ou non.

Cet événement modifiera-t-il le cours des choses ?

■ Formulée de manière indirecte, une interrogation totale devient une subordonnée interrogative indirecte introduite par l'adverbe interrogatif *si*.

On ne sait pas [**si** cet événement modifiera le cours des choses].

2) L'interrogation partielle

■ L'interrogation est partielle lorsque la question **porte sur un élément de la phrase**. Elle est toujours introduite par un mot interrogatif, que l'interrogation soit directe ou indirecte.

« **Qu**'entends-je ? **Qui** remue là entre les branches ? » Musset

Je me demande **ce que** j'entends, **qui** remue là entre les branches.

■ Les **mots interrogatifs** peuvent être classés selon leur nature.

Nature	Mots interrogatifs	Exemple
pronom	*qui, que, quoi, lequel...* *ce qui, ce que*	« Pour **qui** sont ces serpents qui sifflent sur vos têtes ? » Racine
déterminant	*quel* (accordé avec le nom auquel il se rapporte)	« J'ignore **quel** conseil prépara ma disgrâce » Racine
adverbe	*où, quand, comment, pourquoi, combien*	« Je ne sais **pourquoi**/ Mon esprit amer/ D'une aile inquiète et folle vole sur la mer. » Verlaine

CONSEIL
Distinguez bien le pronom interrogatif (*Je me demande **qui** parle*) et le pronom relatif (*Je ne connais pas la personne **qui** parle*). La relative peut être plus facilement supprimée.

III Étudier la dimension pragmatique d'une interrogation

Il faut se demander de quelle manière **l'interrogation agit** sur l'interlocuteur.

1) L'interrogation appelle une réponse

Une interrogation peut demander une **réponse de type oui/non** pour l'interrogation totale ou une **précision** pour l'interrogation partielle.

2) L'interrogation n'appelle pas de réponse

■ Dans la question rhétorique, une **déclaration** est déguisée en interrogation.

« Ah ! Fallait-il en croire une amante insensée ?
Ne devais-tu pas lire au fond de ma pensée ? » Racine

■ Un **ordre** peut aussi se présenter, de manière indirecte, sous forme de question.

« – Êtes-vous de la rue ? – Oui, pourquoi ? – Pourriez-vous m'indiquer le numéro 7 ? » Hugo

[Le locuteur n'attend pas une réponse en oui ou non, mais l'indication demandée.]

17 L'expression de la négation

Il faut distinguer la négation lexicale de la négation syntaxique et savoir comment chacune se forme.

I Distinguer la négation lexicale et la négation de phrase

1) La négation lexicale

- Elle consiste à former le **contraire d'un mot** (antonyme), en utilisant :

– un **préfixe** privatif : **a**pesanteur, **dé**plaisant, **il**logique, **mal**heureux...

– l'adverbe ***non*** avec un trait d'union : la **non-**violence, le **non-**respect devant un substantif.

2) La négation de phrase

- Elle consiste à exprimer le **contraire d'une phrase positive**, à l'aide d'un adverbe négatif associé ou non à d'autres mots.

Négation = un seul mot	adverbe ***ne*** dans des formules figées et avec les verbes *oser, pouvoir, savoir*... « Les vers chantent pour moi ce que dire je **n'**ose. » Du Bellay
	adverbe ***non*** utilisé comme noyau d'une proposition « VLADIMIR. – Et ce n'est pas fini. ESTRAGON. – On dirait que **non**. » Beckett
Négation = locution négative	*ne* + adverbe (*pas, point, plus, guère, jamais*...) « On **ne** naît **pas** femme : on le devient. » Beauvoir
	ne + pronom (*rien, personne*) ou déterminant (*aucun, nul*) « Mon oncle, il **ne** faut jurer de **rien**, et encore moins défier **personne**. » Musset
	ne + conjonction de coordination *ni* «... je **ne** me pique **ni** de fermeté, **ni** de philosophie ; mon cœur me mène et me conduit... » Sévigné

À NOTER

En langage soutenu, un ***ne*, dit explétif**, peut être employé sans valeur négative dans certaines propositions subordonnées.
Je crains qu'il ***ne*** *vienne. = Je crains qu'il vienne.*

II Indiquer la portée d'une négation

1 La négation totale

■ La négation est totale quand elle nie un énoncé dans sa **totalité** en utilisant les adverbes ***ne… pas*** ou des variantes comme ***ne… point***.

« Va, je **ne** te hais **point**. » Corneille
[négation totale de la phrase « Je te hais. »]

2 La négation partielle

■ La négation est partielle quand elle porte sur **un des éléments** de la phrase.

Négation partielle portant sur…

un pronom
« Je **ne** demande **rien** à l'immense univers » Lamartine
[négation de « Je demande quelque chose… »]

un déterminant
« **Aucun** homme **n'**a reçu de la nature le droit de commander aux autres. » Diderot
[négation de « Certains hommes ont reçu… »]

un adverbe
« Rome **n'**est **plus** dans Rome, elle est toute où je suis. » Corneille
[négation de « Rome est encore dans Rome… »]

3 La négation restrictive

■ Construite avec ***ne… que***, elle permet d'exprimer une exception.

« On **n'**est heureux **que** par des goûts et des passions satisfaites. » Du Châtelet

III Étudier les valeurs de la négation

On distingue trois valeurs.

■ La négation **descriptive** consiste simplement à nier quelque chose (valeur la plus courante).

■ La négation **polémique** répond à une phrase positive implicite ou présupposée.

« La démocratie, ce **n'**est **pas** la loi de la majorité, **mais** la protection de la minorité. » Camus
La phrase nie la définition traditionnelle « La démocratie est la loi de la majorité ».

■ La négation **métalinguistique** conteste l'usage d'un terme non pour le nier mais pour l'accentuer.

« Non, je **ne** t'aime **pas**. […] Je t'adore ! » Rostand

MÉMO VISUEL

1 Délimiter la subordonnée

- Repérer le **mot subordonnant** qui introduit la proposition (hors le cas d'une infinitive ou d'une participiale).
- Vérifier que la proposition relevée comprend un **verbe noyau** associé à un sujet.

ANALYSER

4 Analyser le mode du verbe dans la subordonnée

Dans une subordonnée conjonctive ou relative, le verbe peut être **à l'indicatif ou au subjonctif**.

À l'indicatif Les faits sont présentés comme certains.	**Au subjonctif** Les faits sont seulement envisagés.
Ex. : « [Parce que vous êtes un grand seigneur], vous vous croyez un grand génie ! » Beaumarchais	Ex. : « Burrhus, dans ce palais je veux [qu'on la retienne]. » Racine

UNE PROPOSITION SUBORDONNÉE

2 Indiquer la nature de la subordonnée

Mot subordonnant	Nature de la subordonnée
conjonction de subordination *que, quand, comme…*	conjonctive
mot interrogatif *si, ce que, comment, pourquoi…*	interrogative indirecte
pronom relatif *qui, que, dont, où, lequel…*	relative
pas de mot subordonnant	participiale
	infinitive

3 Indiquer la fonction de la subordonnée

La subordonnée complète…	Fonction de la subordonnée
un nom	épithète ou apposée
un verbe (de manière obligatoire)	complément d'objet
une phrase (de manière facultative)	complément circonstanciel (de temps , de cause, de but…)

Une subordonnée complément d'objet est dite **complétive**.
Sa nature peut varier : conjonctive, interrogative indirecte ou infinitive.

OBJECTIF BAC

La première partie de l'épreuve orale du bac de français se clôt par une question de grammaire portant sur une phrase du texte que vous aurez expliqué. Vous avez deux minutes pour y répondre.

Voici cinq questions de grammaire types sur des extraits de *La Peau de chagrin*.

1 Analyser une subordonnée relative

→ FICHE 14

Dans la phrase, relevez et analysez les propositions subordonnées relatives.

« Aveuglé par une sorte de délire, il ne s'aperçut même pas de l'incroyable ductilité de la Peau de chagrin, qui, devenue souple comme un gant, se roula sous ses doigts frénétiques et put entrer dans la poche de son habit où il la mit presque machinalement. »

LES CLÉS POUR RÉUSSIR

1 Délimitez les subordonnées relatives

- Relevez deux pronoms relatifs.
- Citez les deux subordonnées relatives qu'ils introduisent, en indiquant leur verbe noyau.
- Notez que le pronom relatif n'occupe pas la même fonction dans les deux subordonnées.

2 Cherchez l'antécédent de chaque pronom relatif

- Chacun des deux pronoms relatifs remplace-t-il un GN ? Relevez ce GN.
- Vous pouvez en déduire que les relatives sont adjectives et non substantives.

3 Précisez les fonctions des relatives

- Ces subordonnées relatives adjectives sont-elles épithètes ou apposées ?

2 Analyser une subordonnée conjonctive circonstancielle

→ FICHE 15

Dans la phrase, relevez et analysez la proposition subordonnée conjonctive circonstancielle.

« Si Fœdora méconnaissait aujourd'hui l'amour, elle avait dû jadis être fort passionnée [...]. »

LES CLÉS POUR RÉUSSIR

1 Délimitez la subordonnée circonstancielle

- Autour de quel verbe est construite la subordonnée introduite par la conjonction de subordination « si » ?
- Citez-la en entier.
- Relevez également la proposition principale qui la régit.

2 Précisez la circonstance exprimée

- Cette subordonnée joue le rôle d'un complément circonstanciel : quelle circonstance exprime-t-elle ?

3 Commentez le mode et le temps du verbe

- Analysez le mode et le temps du verbe de cette subordonnée circonstancielle.

3 Analyser une interrogation directe

→ FICHE 16

Analysez la phrase interrogative.

« Je n'aimais pas Pauline pauvre, Fœdora riche n'avait-elle pas le droit de repousser Raphaël ? »

LES CLÉS POUR RÉUSSIR

1 Expliquez pourquoi la phrase est une interrogation directe

Aidez-vous de cette trame de réponse :
- La phrase se termine par un point d'interrogation : il s'agit donc bien d'une interrogation directe.
- On observe également que l'ordre sujet-verbe est inversé selon une inversion simple : « avait-elle ».

2 Analysez la portée de l'interrogation

- L'interrogation est-elle totale ou partielle ?
- Justifiez en indiquant quel type de réponse est attendu.

3 Commentez la forme interro-négative

- Relevez la locution négative qui fait de cette interrogation une interro-négative.
- Interrogez-vous sur la dimension pragmatique : cette question appelle-t-elle vraiment une réponse ?

4 Analyser une interrogation indirecte

→ FICHE 16

Dans la phrase, relevez et analysez une interrogation indirecte.

« Préoccupé par ma passion, j'ignorais comment j'avais pu vivre sans argent, je savais seulement que les quatre cent cinquante francs qui m'étaient dus suffiraient à payer mes dettes [...]. »

LES CLÉS POUR RÉUSSIR

1 Repérez l'interrogation indirecte

- Quel verbe exprime un manque d'information ?
- La proposition subordonnée qui le complète est une interrogative indirecte COD.
- À quelle interrogation directe correspond-elle ?

2 Analysez la portée de l'interrogation

- L'interrogative est-elle totale ou partielle ?
- Dans le cas d'une interrogation partielle, cherchez la nature du mot interrogatif.

3 Étudiez la concordance des temps

- Le verbe principal est-il au présent ou au passé ?
- À quel temps de l'indicatif le verbe de la subordonnée est-il ? Exprime-t-il un fait contemporain, antérieur ou postérieur à celui exprimé par le verbe principal ?

5 Analyser l'expression de la négation

→ FICHE 17

Analysez l'expression de la négation dans la phrase.

« Il trouvait du bon dans toutes les théories, n'en adoptait aucune, prétendait que le meilleur système médical était de n'en point avoir, et de s'en tenir aux faits. »

LES CLÉS POUR RÉUSSIR

1 Distinguez négations lexicale et syntaxique

- Relevez deux locutions négatives.
- Vous pouvez en déduire qu'il s'agit d'analyser une négation syntaxique et non une négation lexicale.

2 Analysez la portée de la négation

- La négation est-elle totale ou partielle ?
- Justifiez en indiquant de quelle phrase positive la phrase négative exprime le contraire.

3 Étudiez la construction de la négation

- De quels mots sont composées les locutions négatives ?
- Quelle est leur nature ?
- Commentez leur place dans la phrase.

OBJECTIF BAC

1 Analyser une subordonnée relative

- On relève **deux propositions subordonnées relatives** dans cette phrase :
– « **qui**, devenue souple comme un gant, se roula sous ses doigts frénétiques et put entrer dans la poche de son habit » (« qui » est **sujet** des verbes « se roula » et « put ») ;
– « **où** il la mit presque machinalement » (« où » est **complément circonstanciel de lieu**).
- **La première relative** est introduite par le pronom relatif « qui », qui représente le GN « la Peau de chagrin ». Cette relative est adjective, apposée au GN « la Peau de chagrin » (elle est facultative, ce que confirme la virgule entre le GN et la relative). **La seconde relative** est introduite par le pronom relatif « où », qui représente le GN « sa poche ». Cette relative est adjective, apposée au GN « sa poche » (elle est facultative).

À NOTER
La virgule entre le GN et la relative n'est pas obligatoire dans une relative adjective apposée.
Il faut toujours se poser la question : **peut-on supprimer la relative sans changer le sens de la phrase ?** En l'absence de virgule, si la relative peut être supprimée sans changer le sens de la phrase, elle est alors apposée ; s'il y a une virgule, la relative est forcément apposée.

2 Analyser une subordonnée conjonctive circonstancielle

- Dans cette phrase, on relève une **subordonnée conjonctive** organisée autour du verbe « méconnaissait » et introduite par la conjonction de subordination « si » : « **Si** Fœdora méconnaissait aujourd'hui l'amour ».
Elle dépend de la proposition principale : « elle avait dû jadis être fort passionnée ».
- Cette subordonnée exprime la **concession** : elle est CC de concession.
- Le verbe de cette subordonnée est à l'**imparfait de l'indicatif**. Si la concessive était introduite par un autre subordonnant, par exemple « bien que », on aurait du subjonctif.

CONSEIL
Attention de ne pas confondre la subordonnée en « si » de **concession** et celle en « si » d'**hypothèse**.
Si la subordonnée était hypothétique, le verbe de la principale serait au conditionnel.

3 Analyser une interrogation directe

- La phrase se termine par un **point d'interrogation** : il s'agit donc bien d'une interrogation directe. On observe également que **l'ordre sujet-verbe** est **inversé** selon une inversion simple : « avait-elle ».
- L'interrogation est **totale**. En effet, la réponse attendue est du type : Si, *elle avait le droit... Non, elle n'avait pas le droit...*
- Dans cette interrogation, le verbe est encadré par la locution négative *ne... pas* : il s'agit d'une **interro-négative**. En réalité, cette interrogation n'appelle pas de réponse : elle est l'équivalent d'une affirmation. C'est une **question rhétorique**.

4 Analyser une interrogation indirecte

- Dans cette phrase complexe, le verbe principal « ignorais » exprime un manque d'information ; il est suivi d'une subordonnée **interrogative indirecte COD**, introduite par « comment ». Celle-ci correspond à cette interrogation directe : *Comment avais-je pu vivre sans argent ?*
- L'interrogation – **partielle** – porte sur la manière dont a été réalisée l'action « vivre ». Le mot qui l'introduit, « comment », est un adverbe interrogatif.
- Le verbe principal est à l'imparfait. Le verbe de la subordonnée est par conséquent au plus-que-parfait pour exprimer un **fait antérieur** à celui exprimé par le verbe principal : c'est ce qu'on appelle la concordance des temps.

5 Analyser l'expression de la négation

- On relève une proposition négative « n'en adoptait aucune » et un groupe verbal à l'infinitif « n'en point avoir », avec, à chaque fois, la présence d'une **locution négative** : *ne… aucun* ou *ne… point*. Il s'agit d'une négation syntaxique et non d'une négation lexicale.

À NOTER
La négation totale peut porter sur des verbes à l'infinitif : *être ou ne pas être* ; *Je souhaite ne pas venir*.

- Dans le premier cas, la négation est **partielle**. La proposition exprime en effet le contraire de cette proposition positive : *[Il] en adoptait une*. La négation porte ici sur le déterminant « une », non sur l'ensemble de la phrase.

Dans le second cas, la négation est **totale**. Le groupe verbal exprime en effet le contraire de ce groupe positif : *En avoir*. L'emploi de *ne… point* encadrant un verbe indique qu'il s'agit d'une négation totale.
- La locution négative comprend dans chaque cas **deux mots** : l'adverbe *ne…* et le déterminant *aucune*, l'adverbe *ne…* et l'adverbe *point*. Les deux mots encadrent le verbe à l'indicatif dans le premier cas, et précèdent le verbe à l'infinitif dans le second cas.

5 Analyser le thème du **parcours** : « Les romans de l'énergie : création et destruction »

FICHES

EXERCICES ET SUJETS

CORRIGÉS

18 Un roman de l'énergie

La Peau de chagrin illustre l'idée chère à Balzac selon laquelle chaque être humain dispose d'une quantité d'énergie vitale qu'il peut dilapider dans des divertissements sans lendemain ou bien concentrer sur une œuvre durable. Cette idée a d'importantes implications dans tous les domaines.

I La vie, une dépense d'énergie

1 L'énergie canalisée par la volonté

- Pour Balzac, tout être humain possède une certaine quantité d'énergie. **Raphaël** possède ainsi **peu d'énergie**, comme le lui dit l'antiquaire :

> « J'ai offert le terrible pouvoir que donne ce talisman à des hommes doués de plus d'énergie que vous ne paraissez en avoir. »

- Il faut être capable, grâce à la **volonté**, de **concentrer cette énergie** sur un but à atteindre. C'est ce que fait Raphaël pendant les trois ans qui suivent la mort de son père : il s'astreint à une vie disciplinée pour écrire sa *Théorie de la volonté*.
- Balzac emprunte sa conception de l'énergie à divers **scientifiques** de son époque. Raphaël explique ainsi à Fœdora que la volonté humaine est « une force matérielle, semblable à la vapeur ».

CITATION

« Presque tous les hommes consument en des travaux nécessaires ou dans les angoisses de passions funestes cette belle somme d'énergie et de volonté dont leur a fait présent la nature [...]. »

Physiologie du mariage.

À NOTER

Balzac est influencé par la théorie du médecin allemand **Franz Mesmer** (1734-1815), pour qui le corps humain est traversé par un **fluide magnétique** (comme un aimant) que l'on peut contrôler pour guérir les maladies.

2 Savoir dépenser ou économiser son énergie

- À l'image de l'argent, l'énergie peut être dépensée ou au contraire économisée. **Raphaël**, à qui Jonathas conseille à la mort de son père : « Soyez bien économe », ne parvient à garder ni son argent ni son énergie.
- D'autres personnages se montrent avares de leur énergie : **l'antiquaire**, pour qui le savoir nous laisse « dans un perpétuel état de calme », mais surtout l'indifférente **Fœdora**, qui résiste aux « séductions parisiennes ».
- **Rastignac**, lui, est un personnage à plusieurs facettes : dans *Le Père Goriot*, c'est un ambitieux énergique mais, dans *La Peau de chagrin*, c'est un « viveur » qui consume son énergie dans la débauche. Plus tard, dans *La Maison Nucingen*, on voit que, « s'il se présente une affaire sérieuse », il « se concentre, se ramasse, étudie le point où il faut charger et il charge à fond de train », puis il « rentre dans sa vie molle et insouciante ». Il a donc appris à dépenser son énergie de manière efficace.

II Héroïsme et énergie

1 L'énergie des héros ambitieux

■ Le jeune héros ambitieux est un personnage type du roman du XIXᵉ siècle : on citera Julien Sorel (Stendhal, *Le Rouge et le Noir*), Frédéric Moreau (Flaubert, *L'Éducation sentimentale*), Octave Mouret (Zola, *Pot-Bouille* et *Au bonheur des dames*), Georges Duroy (Maupassant, *Bel-Ami*).

■ Le modèle des héros ambitieux est Napoléon Bonaparte, incarnation de l'énergie. Raphaël raconte que, dans ses rêves de jeunesse, il se voyait « général, empereur ». Symboliquement, au début du roman, il perd au jeu « son dernier napoléon ».

À NOTER

Le Rouge et le Noir (1830) de Stendhal met en scène Julien Sorel, un jeune homme passionné, confronté à la société de la Restauration. Ambitieux et ardent, il cherche à conquérir sa place dans un monde gouverné par la vieillesse et la richesse.

2 Le héros passionné, entre force et faiblesse

■ Le manque d'énergie s'accompagne souvent d'une tendance à se laisser aller aux passions, comme chez les viveurs ou les courtisanes du dîner chez Taillefer, Aquilina et Euphrasie. Il conduit à exprimer des désirs disproportionnés, car les êtres sans énergie n'ont pas les moyens de réaliser leurs désirs.

■ Les passions, la passion du jeu de Rastignac ou la passion amoureuse de Raphaël envers Fœdora, consument l'être humain. Le rétrécissement de la Peau de chagrin symbolise ainsi l'énergie vitale dépensée dans des passions vaines.

■ Mais les passions peuvent aussi contribuer à l'élévation du héros et lui donner l'énergie qui lui manque habituellement. Raphaël se montre entreprenant et ingénieux quand il décide de conquérir Fœdora, s'écriant : « Fœdora ou la mort ! »

zoOm

Deux types de héros

Il y a deux sortes de héros balzaciens : les **ambitieux**, qui savent concentrer leur énergie sur un but (Rastignac dans *Le Père Goriot*) ; les **faibles**, qui dilapident leur énergie en activités vaines (Lucien de Rubempré dans *Illusions perdues*). On voit ici Lucien, dans une adaptation récente, sacré journaliste, alors qu'il a abandonné toute vocation littéraire. Raphaël, après trois ans à concentrer son énergie sur sa *Théorie de la volonté*, bascule aussi dans le camp des faibles.

Illusions perdues, film de Xavier Giannoli (2021).

19 Énergie, création et destruction

Chez Balzac, l'énergie est aussi bien force de vie et pouvoir de création que source de destruction. Raphaël finit par détruire sa vie sans avoir rien créé, faute d'avoir utilisé son énergie à bon escient. Mais, face à la destruction et à la mort, une autre forme d'énergie apparaît, plus sombre, plus désespérée.

I L'énergie de la création

1) Créer, une question de volonté

- Pour Balzac, la création suppose **patience, discipline et volonté**. Elle impose de résister aux tentations et aux divertissements.
- *Illusions perdues* oppose **Daniel d'Arthez**, qui, grâce à une « patience angélique » et une « application soutenue », finit par créer une grande œuvre, et **Lucien de Rubempré**, « paresseux » et « inconsistant », qui échoue à écrire.

> **À NOTER**
> Dans ***Le Portrait*** (1835) de **Nicolas Gogol**, un peintre trouve une bourse d'or. Il troque sa vie misérable pour une vie confortable, mais ne travaille plus à sa peinture, qui devient sans valeur.

- **Raphaël** passe par deux étapes : il se concentre d'abord sur l'écriture de la *Théorie de la volonté*, mais sa passion pour Fœdora le transforme radicalement et il ne veut plus écrire que des romans superficiels mais rentables pour l'éditeur Finot.

2) Le danger de la démesure

- La création peut cependant tourner à l'obsession et **faire sombrer dans la folie**. On retrouve ce thème cher à Balzac dans *Louis Lambert* (1832), dont le héros, doté d'une intelligence exceptionnelle, rédige comme Raphaël un *Traité de la volonté*, mais devient fou et meurt à vingt-huit ans.
- La littérature fantastique ou de science-fiction a souvent repris cette figure de l'artiste ou du savant obsédé jusqu'à la folie par ses recherches, et dont la création s'avère destructrice. La romantique anglaise Mary Shelley met en scène, dans ***Frankenstein*** (1818), un savant dont la créature, animée par un flux électrique, devient une **force de destruction redoutable**.

> **À NOTER**
> Deux autres **figures du génie** chez Balzac : **Balthazar Claës** dans *La Recherche de l'absolu* (1834), obsédé par des recherches sur la chimie ; le vieux peintre **Frenhofer**, dans *Le Chef-d'œuvre inconnu* (1831), qui consacre des années de sa vie à un tableau incompréhensible.

II L'énergie de la destruction

1 L'énergie du désespoir

- Si on associe souvent le désespoir à la mélancolie et à l'abattement, et donc à la perte d'énergie, il existe aussi une énergie du désespoir, qu'illustre Raphaël lors du dénouement quand un dernier sursaut de vie lui fait désirer Pauline.
- Nombreux sont les héros de roman désespérés par l'état du monde, qui réagissent avec une énergie sombre et amère. Bardamu, dans *Voyage au bout de la nuit* (Céline, 1932), fait preuve, dans une langue vigoureuse, d'une ironie mordante, notamment face aux ravages de la guerre ou aux scandales de la colonisation.

2 L'énergie destructrice

- Les héros peuvent éprouver une certaine joie dans la destruction d'un monde qui ne vaut rien à leurs yeux : ainsi, dans *Les liaisons dangereuses*, la marquise de Merteuil consacre son énergie à saper les fondements d'un monde créé par les hommes pour les hommes (→ **fiche 19**).
- Fœdora incarne au contraire une énergie destructrice dépourvue de tout sentiment, ni joie ni tristesse. Raphaël souligne la différence entre les femmes qui « trouvent du plaisir à nous déchirer le cœur » et Fœdora, qui « brisait [s]a vie et détruisait [s]on avenir avec la froide insouciance et l'innocente cruauté d'un enfant qui, par curiosité, déchire les ailes d'un papillon ».

À NOTER
Dans ***Nana*** (1880) de Zola, une courtisane issue du monde ouvrier fait tourner la tête des aristocrates. Un article de presse fait d'elle « une force de la nature, un ferment de destruction, sans le vouloir elle-même, corrompant et désorganisant Paris entre ses cuisses de neige ».

Édouard Manet, *Déjeuner sur l'herbe* (1863).

zoOm

L'Œuvre (1886) d'Émile Zola

Dans ce quatorzième volume du cycle des *Rougon-Macquart*, deux amis, le peintre Claude Lantier et le romancier Sandoz, rencontrent les résistances des représentants de l'académisme. Le tableau de Lantier intitulé *Plein Air* est inspiré du *Déjeuner sur l'herbe*, chef-d'œuvre de l'impressionnisme. Lantier, obsédé par sa peinture, finit par se pendre devant sa toile.

20 Texte écho 1. Choderlos de Laclos, *Les Liaisons dangereuses*

Ce roman épistolaire est centré sur la correspondance de deux libertins, la marquise de Merteuil et le vicomte de Valmont, leurs manigances et leurs rivalités. Dans cette lettre, Mme de Merteuil, personnage à l'énergie débordante, livre un autoportrait approfondi.

Mais moi, qu'ai-je de commun avec ces femmes inconsidérées[1] ? quand m'avez-vous vue m'écarter des règles que je me suis prescrites, et manquer à mes principes ? je dis mes principes, et je le dis à dessein : car ils ne sont pas, comme ceux des autres femmes, donnés au hasard, reçus sans examen et suivis par habitude ; ils sont le fruit de mes profondes réflexions ; je les ai créés, et je puis dire que je suis mon ouvrage.

Entrée dans le monde dans le temps où, fille encore, j'étais vouée par état[2] au silence et à l'inaction, j'ai su en profiter pour observer et réfléchir. Tandis qu'on me croyait étourdie ou distraite, écoutant peu à la vérité les discours qu'on s'empressait à me tenir, je recueillais avec soin ceux qu'on cherchait à me cacher.

Cette utile curiosité, en servant à m'instruire, m'apprit encore à dissimuler : forcée souvent de cacher les objets de mon attention aux yeux de ceux qui m'entouraient, j'essayai de guider les miens à mon gré ; j'obtins dès lors de prendre à volonté ce regard distrait que vous avez loué si souvent. Encouragée par ce premier succès, je tâchai de régler de même les divers mouvements de ma figure. Ressentais-je quelque chagrin, je m'étudiais à prendre l'air de la sérénité, même celui de la joie ; j'ai porté le zèle jusqu'à me causer des douleurs volontaires, pour chercher pendant ce temps l'expression du plaisir. Je me suis travaillée avec le même soin et plus de peine, pour réprimer les symptômes d'une joie inattendue. C'est ainsi que j'ai su prendre sur ma physionomie cette puissance dont je vous ai vu quelquefois si étonné.

J'étais bien jeune encore, et presque sans intérêt : mais je n'avais à moi que ma pensée, et je m'indignais qu'on pût me la ravir ou me la surprendre contre ma volonté. Munie de ces premières armes, j'en essayai l'usage : non contente de ne plus me laisser pénétrer[3], je m'amusais à me montrer sous des

1. La création de soi

Par quels moyens la volonté de Mme de Merteuil est-elle mise en avant ?

2. La science de la dissimulation

En quoi Merteuil expose-t-elle une véritable science du libertinage ?

3. L'art de la tromperie

Comment Merteuil souligne-t-elle la maîtrise qu'elle a acquise sur elle-même et sur les autres ?

1. Merteuil vient d'évoquer les femmes « dont l'amour s'empare si facilement ».
2. Par état : parce que j'étais une femme. **3. Pénétrer :** deviner ce que quelqu'un pense.

formes différentes ; sûre de mes gestes, j'observais mes discours ; je réglais les uns et les autres, suivant les circonstances, ou même seulement suivant mes fantaisies : dès ce moment, ma façon de penser fut pour moi seule, et je ne montrai plus que celle qu'il m'était utile de laisser voir.

Ce travail sur moi-même avait fixé mon attention sur l'expression des figures et le caractère des physionomies ; et j'y gagnai ce coup d'œil pénétrant, auquel l'expérience m'a pourtant appris à ne pas me fier entièrement ; mais qui, en tout, m'a rarement trompée.

Je n'avais pas quinze ans, je possédais déjà les talents auxquels la plus grande partie de nos politiques doivent leur réputation, et je ne me trouvais encore qu'aux premiers éléments de la science que je voulais acquérir.

Pierre Choderlos de Laclos, *Les Liaisons dangereuses* (1782), lettre 81.

En quoi peut-on dire que Merteuil se donne le statut d'une héroïne aux qualités exceptionnelles ?

LÉGENDE
Termes évoquant :
- une démarche rationnelle et scientifique
- une entreprise de mensonge et de manipulation

Méthode

Faire une première analyse du texte

1 La création de soi

- Montrez que la narratrice cherche d'emblée à se distinguer des autres.
- Étudiez les marques de la première personne. Dans quelle mesure ce début d'extrait annonce-t-il un éloge de soi ?

2 La science de la dissimulation

- En quoi ce paragraphe reprend-il un discours scientifique ? À quel courant de pensée fait-il songer ?
- Étudiez le contraste entre la dimension scientifique et la dimension morale du propos.

3 L'art de la tromperie

- Montrez comment le récit de Merteuil est extrêmement étudié afin de mettre en valeur son talent et ses réussites.
- En quoi peut-on dire qu'elle exprime une véritable fascination vis-à-vis d'elle-même ?

Conclusion

- Demandez-vous si, en affirmant ici sa maîtrise sur elle-même et sur autrui, Merteuil ne cède pas avant tout au plaisir d'une mise en scène de soi qui révèle un caractère excessif.

→ **Exercice d'explication orale du texte, p. 92.**

21 Texte écho 2. Alfred de Musset, *La Confession d'un enfant du siècle*

Dans ce roman d'inspiration autobiographique, Musset évoque la génération qui a connu l'épopée de l'énergique et ambitieux Napoléon Ier, et doit désormais vivre une existence morne et sans perspective : il invente ce qu'on appellera plus tard « le mal du siècle ».

Trois éléments partageaient donc la vie qui s'offrait alors aux jeunes gens : derrière eux un passé à jamais détruit, s'agitant encore sur ses ruines, avec tous les fossiles des siècles de l'absolutisme ; devant eux l'aurore d'un immense horizon, les premières clartés de l'avenir ; et entre ces deux mondes… quelque chose de semblable à l'Océan qui sépare le vieux continent de la jeune Amérique, je ne sais quoi de vague et de flottant, une mer houleuse et pleine de naufrages, traversée de temps en temps par quelque blanche voile lointaine ou par quelque navire soufflant une lourde vapeur ; le siècle présent, en un mot, qui sépare le passé de l'avenir, qui n'est ni l'un ni l'autre et qui ressemble à tous deux à la fois, et où l'on ne sait, à chaque pas qu'on fait, si l'on marche sur une semence ou sur un débris.

Voilà dans quel chaos il fallut choisir alors ; voilà ce qui se présentait à des enfants pleins de force et d'audace, fils de l'empire et petits-fils de la révolution.

Or, du passé ils n'en voulaient plus, car la foi en rien ne se donne ; l'avenir, ils l'aimaient, mais quoi ? comme Pygmalion Galatée[1] ; c'était pour eux comme une amante de marbre, et ils attendaient qu'elle s'animât, que le sang colorât ses veines.

II leur restait donc le présent, l'esprit du siècle, ange du crépuscule, qui n'est ni la nuit ni le jour ; ils le trouvèrent assis sur un sac de chaux[2] plein d'ossements, serré dans le manteau des égoïstes, et grelottant d'un froid terrible. L'angoisse de la mort leur entra dans l'âme à la vue de ce spectre moitié momie et moitié fœtus ; ils s'en approchèrent comme le voyageur à qui l'on montre à Strasbourg la fille d'un vieux comte de Sarverden, embaumée dans sa parure de fiancée[3]. Ce squelette enfantin fait frémir, car ses mains fluettes et

1. Une ère de transition

Étudiez la manière dont le texte est construit sur une série d'antithèses. Quelle impression s'en dégage ?

Relevez la présence importante des métaphores. Quel est le but d'un tel choix d'écriture ?

2. Le désarroi d'une génération

Étudiez les images qui permettent d'évoquer le présent et l'avenir.

Comparez avec le passage précédent : y a-t-il toujours un parallèle entre destruction et création ? L'un des deux thèmes n'acquiert-il pas plus d'importance ?

1. Dans la mythologie grecque, le roi **Pygmalion** tombe amoureux de sa sculpture, **Galatée**, que la déesse Aphrodite rendra vivante. 2. On recouvrait les cadavres de chaux au moment de les brûler afin de neutraliser l'odeur. 3. La comtesse de Nassau-Saarwenden, morte le jour de son mariage, est en effet conservée, embaumée, dans un caveau de l'église Saint-Thomas de Strasbourg.

livides portent l'anneau des épousées, et sa tête tombe en poussière au milieu des fleurs d'oranger.

Comme à l'approche d'une tempête il passe dans les forêts un vent terrible qui fait frissonner tous les arbres, à quoi succède un profond silence, ainsi Napoléon avait tout ébranlé en passant sur le monde ; les rois avaient senti vaciller leur couronne, et, portant leur main à leur tête, ils n'y avaient trouvé que leurs cheveux hérissés de terreur. Le pape[4] avait fait trois cents lieues pour le bénir au nom de Dieu et lui poser son diadème ; mais il le lui avait pris des mains. Ainsi tout avait tremblé dans cette forêt lugubre des puissances de la vieille Europe ; puis le silence avait succédé.

Alfred de Musset, *La Confession d'un enfant du siècle* (1836).

3. Napoléon, dernier soubresaut de l'histoire

Relevez les métaphores employées cette fois.

À quel type de texte ce passage fait-il penser ?

LÉGENDE

Termes évoquant :

la destruction, la mort et le néant

la création, la naissance et l'action

4. La cérémonie religieuse du sacre de Napoléon Ier a lieu à Paris, le 2 décembre 1804, en présence du pape Pie VII, venu de Rome.

Méthode

Faire une première analyse du texte

1 Une ère de transition

- Montrez que l'écriture, par le biais des figures de style, est très travaillée. Quel est le but recherché ?
- Étudiez la façon dont le texte est d'abord construit sur un équilibre entre les forces de vie et les forces de mort.

2 Le désarroi d'une génération

- Observez comment, dans ce passage, ce sont progressivement les forces de mort qui l'emportent. Quelle vision du monde cela révèle-t-il ?

3 Napoléon, dernier soubresaut de l'histoire

- En quoi le texte prend-il une tonalité de plus en plus fantastique, qui culmine dans le dernier paragraphe ?
- Napoléon est-il uniquement mentionné en tant que personnage historique ? Quel rôle symbolique peut-on lui donner ?

▸ Conclusion

- Musset tire du désarroi romantique une page poétique et romanesque. N'est-ce pas une manière d'affirmer sa puissance de création face à un monde dominé par la destruction ?

→ **Exercice d'explication orale du texte, p. 93.**

22 Quatre pistes pour des lectures cursives

Voici quatre œuvres en lien avec le parcours « Les romans de l'énergie : création et destruction ». Choisissez celle que vous aimeriez présenter lors de la seconde partie de l'épreuve orale du bac de français.

I Jacques Cazotte, *Le Diable amoureux* (1772)

1 Présentation rapide

- Un jeune Espagnol, Alvare, défie le Diable. Celui-ci lui apparaît alors sous les traits d'une tête de chameau, qui se propose de réaliser tous les souhaits d'Alvare.
- Le Diable se transforme en chien, puis en une jeune femme, Biondetta. Alvare en tombe amoureux et veut l'épouser. Celle-ci lui rappelle alors qu'elle est le Diable.

L'AUTEUR
Jacques Cazotte (1719-1792) est surtout connu pour avoir écrit *Le Diable amoureux*. Très pieux, il se montre farouchement hostile à la Révolution française ; il mourra d'ailleurs guillotiné.

2 Pourquoi cette œuvre est-elle intéressante ?

1. Ce bref récit est un des tout premiers contes fantastiques de la littérature française : il annonce le romantisme avec cinquante ans d'avance.
2. L'histoire est très proche de celle de *La Peau de chagrin*.
3. Le récit a une portée politique : l'auteur, ennemi des Lumières, représente le Diable accomplissant son œuvre de destruction sous une forme séduisante.

II Oscar Wilde, *Le Portrait de Dorian Gray* (1890)

1 Présentation rapide

- Dorian Gray, jeune et beau dandy londonien, possède un portrait doté d'un pouvoir étrange : le portrait vieillit au fil du temps, tandis que Dorian reste éternellement jeune.
- Au fil du roman, Dorian Gray sombre dans la débauche et le crime. Or, le portrait se transforme aussi pour refléter sa corruption morale.

L'AUTEUR
Personnalité flamboyante, l'écrivain irlandais **Oscar Wilde** (1854-1900) connaît le succès grâce à des pièces telles que *De l'importance d'être constant* (1895). Persécuté pour son homosexualité, il meurt ruiné.

2 Pourquoi cette œuvre est-elle intéressante ?

1. Dans ce récit aussi effrayant que fascinant, nous voyons le jeune héros se consumer progressivement. Le portrait reflète cette destruction intérieure.
2. Cette œuvre a été influencée par *La Peau de chagrin*.
3. Oscar Wilde explore les rapports entre la morale et l'esthétique : son héros au visage d'ange devient de plus en plus corrompu, tout en sauvant les apparences.

III Henry Bauchau, *Antigone* (1997)

1) Présentation rapide

■ Antigone rentre à Thèbes pour tenter d'empêcher l'affrontement entre ses frères Étéocle, qui est à la tête de la cité, et Polynice, qui veut s'emparer du trône.

■ Les frères finissent par s'entretuer. Créon, leur oncle, ordonne qu'on laisse le corps de Polynice sans sépulture. Antigone désobéit à cet ordre, ce qui lui vaut d'être condamnée par Créon.

L'AUTEUR
Écrivain belge, **Henry Bachau** (1913-2012) est l'auteur d'un cycle mythologique comprenant *Œdipe sur la route* (1990), *Diotime et les lions* (1991) et *Antigone* (1997).

2) Pourquoi cette œuvre est-elle intéressante ?

1. Il s'agit d'une des rares versions romanesques du mythe d'Antigone, souvent représentée au théâtre : tragédies de Sophocle (441 av. J.-C.) et d'Anouilh (1944).
2. On y retrouve l'héroïne qui, depuis toujours, incarne le refus de la violence destructrice et la force de la volonté morale face à la loi injuste de la cité.
3. Dans ce récit à la première personne, on entend la voix d'Antigone. L'auteur insiste sur la dimension féministe du personnage.

IV Marie NDiaye, *Trois Femmes puissantes* (2009)

1) Présentation rapide

Ce roman est constitué de trois récits sur des femmes.

■ Norah, avocate, retourne au Sénégal après des années d'absence rencontrer son père. Mais la rencontre s'avère décevante.

■ Fanta, à l'inverse, a suivi son mari, Rudy, en France et découvre qu'il lui a menti.

■ Khady est une jeune veuve rejetée par sa belle-famille, elle devient une migrante clandestine humiliée par les passeurs.

L'AUTRICE
Ayant publié son premier roman, *Quant au riche avenir*, à dix-sept ans, **Marie Ndiaye** (née en 1967) mène une carrière de romancière et de dramaturge. Elle reçoit le prix Goncourt pour *Trois Femmes puissantes*.

2) Pourquoi cette œuvre est-elle intéressante ?

1. On découvre ici trois héroïnes du quotidien, qui incarnent la résistance face à l'égoïsme, aux mensonges et aux humiliations.
2. L'énergie de ces femmes puissantes tient à leur volonté de garder coûte que coûte leur dignité et de se créer un destin dans un monde hostile.
3. La narration nous fait pénétrer dans la conscience de ces personnages et explorer leur imaginaire, nous faisant accéder ainsi à une dimension poétique.

S'ENTRAÎNER

1 Mémoriser les idées-clés du cours

→ FICHES 18 et 19

Répondez oralement à ces trois questions de cours.

1. En quoi *La Peau de chagrin* est-elle un roman de l'énergie ?
2. Quel usage le héros romantique fait-il de son énergie ?
3. Comment les thèmes de la création et de la destruction sont-ils présents dans ce roman ?

OBJECTIF BAC

Lors de la première partie de l'épreuve orale du bac de français, vous êtes interrogé(e) sur l'un des textes figurant dans votre liste.

Ce récapitulatif incluant des textes issus du parcours associé à *La Peau de chagrin*, nous vous proposons un entraînement sur les deux extraits présentés dans les fiches 20 et 21 de ce chapitre.

2 Explication du texte écho 1 • *Les Liaisons dangereuses*

→ FICHE 20

Le texte est en lien avec le thème du parcours. Expliquez-le.

LES CLÉS POUR RÉUSSIR

Situer l'extrait 1 dans le parcours, le lire à voix haute

1 Situer l'extrait

- Faites le lien entre le thème du parcours associé à *La Peau de chagrin* et le texte à expliquer.
- Aidez-vous du chapeau (paragraphe qui introduit l'extrait), p. 86.

2 Lire l'extrait à voix haute

- Faites bien sentir l'énergie de l'héroïne. Elle affirme sa liberté dans une société où les hommes se sont approprié le pouvoir politique, économique ou religieux.
- Le texte comporte aussi une dimension didactique : mettez en évidence les différentes étapes du récit de Mme de Merteuil, qui veut montrer qu'elle agit de façon rationnelle et méthodique.

Expliquer l'extrait

1 Formuler la problématique

- Quelle est l'originalité de ce texte ?
- Vous pouvez vous appuyer sur la conclusion de la Méthode, p. 87.

2 Expliquer le texte en s'appuyant sur sa structure

- Délimitez trois parties dans l'extrait. Aidez-vous du découpage proposé dans la fiche 19, p. 86-87.
- Commencez l'analyse de chaque partie en en indiquant la (ou les) caractéristique(s) majeure(s), étayez votre démonstration en vous appuyant sur le texte.

3 Conclure

- Répondez à la question de la problématique que vous avez posée en fin d'introduction : comment se manifeste la maîtrise que Mme de Merteuil a acquise sur elle-même et sur les autres ?
- Pour élargir, faites un lien avec le roman de Balzac : quels sont les points communs entre les personnages principaux ?

3 Explication du texte écho 2 • *La Confession d'un enfant du siècle*

→ FICHE 21

Le texte est en lien avec le thème du parcours. Expliquez-le.

CONSEIL
Pour bien lire les lignes 1 à 14 à voix haute, prenez garde au fait qu'il s'agit d'une seule longue phrase : reprenez votre respiration lors des ponctuations fortes comme les points-virgules.

→ Méthode, p. 89.

4 Présentation du *Portrait de Dorian Gray* à l'oral

→ FICHE 22

Dans l'exercice qui suit, nous vous proposons de vous entraîner – en vue de l'oral – à présenter l'une des œuvres suggérées en lectures cursives.

Parmi les lectures cursives de votre récapitulatif figure *Le Portrait de Dorian Gray*. Présentez brièvement cette œuvre et exposez les raisons de votre choix.

5 Entretien à la suite de la présentation du *Portrait de Dorian Gray*

Une fois votre présentation terminée, l'examinateur vous pose des questions en prenant appui sur les éléments exposés. Il évalue vos capacités à dialoguer, à nuancer ou à étoffer votre réflexion, à défendre votre point de vue sur la base de la connaissance de l'œuvre.

1. En quoi diriez-vous qu'il s'agit d'un roman de l'énergie ?
2. Comment les thèmes de la création et de la destruction sont-ils présents ?
3. Quels points communs relevez-vous entre cette œuvre et celle de Balzac ?

CORRIGÉS

S'ENTRAÎNER

1 Mémoriser les idées-clés du cours

1. Un roman de l'énergie

▸ Le roman, dans sa partie centrale, montre comment Raphaël parvient, dans un premier temps, à concentrer son énergie pour écrire une œuvre, avant de la dilapider dans sa passion pour Fœdora puis dans la débauche avec Rastignac. La première et la troisième partie mettent en scène un symbole concret de ce phénomène : le rétrécissement de la Peau représente le gaspillage d'énergie.

2. Énergie et héros romantique

▸ Le héros romantique est en général un jeune homme fougueux et audacieux, mais confronté à une société, celle de la Restauration et de la monarchie de Juillet, qui le prive de toute perspective. Il peut sombrer dans la mélancolie, comme Octave dans *La Confession d'un enfant du siècle* de Musset, dans la débauche comme Raphaël et Rastignac dans *La Peau de chagrin*, ou encore réussir par l'hypocrisie dans ce monde d'argent, comme Rastignac dans *Le Père Goriot* et *La Maison Nucingen*.

3. Création et destruction

▸ Les thèmes de la création et de la destruction apparaissent principalement *via* le personnage de Raphaël : après avoir imaginé une vie où la création lui apporterait la gloire et l'amour, il se détruit progressivement dès qu'il abandonne sa *Théorie de la volonté*. Comme le dit Rastignac, la débauche à laquelle il l'incite n'est qu'une forme agréable de suicide ; et, comme l'antiquaire le lui suggère en écho, utiliser la Peau de chagrin revient seulement à retarder son suicide.

OBJECTIF BAC

Les corrigés des explications sont présentés sous forme de plans.

2 Explication du texte écho 1 • *Les Liaisons dangereuses* (Laclos)

Introduction

[Situation de l'extrait] La lettre 81 se situe au milieu du roman, qui en compte 175. L'histoire avance, le lecteur commence à connaître les personnages et ont envie d'en savoir plus : comment Mme de Merteuil est-elle devenue qui elle est ?
[Problématique] Dans sa manière de se mettre en scène comme une femme qui a su méthodiquement acquérir la maîtrise d'elle-même et des autres, Merteuil ne cède-t-elle pas à une certaine démesure annonçant sa perte ?

I. La création de soi (l. 1-7, p. 86)

▸ Nous avons affaire à une **narration à la première personne**, construite sur le modèle du roman d'apprentissage ou du roman de formation, très en vogue au XVIIIe siècle. L'originalité ici est que Merteuil affirme s'être formée elle-même.

- Elle cherche à **se distinguer** des autres femmes en opposant le pronom « moi », mis en valeur en début de phrase, au groupe nominal pluriel « ces femmes inconsidérées » (le démonstratif comporte ici une valeur péjorative).
- Le « **je** » est sujet de la plupart des verbes, opposé au « vous » de l'interlocuteur, (et, dans la suite du texte, à un « on » désignant l'ensemble de la société). Les nombreux **possessifs** accentuent cet effet qui culmine dans la phrase « Je suis mon ouvrage ».

II. La science de la dissimulation (l. 8-24, p. 86)

- Merteuil présente donc ses premières années comme une période où elle a cessé de subir les événements pour les **étudier**, d'abord en observant puis en tirant de ses observations des principes pour sa conduite.
- Ce discours imite le **discours scientifique** et semble donc s'inscrire pleinement dans la pensée des Lumières : il s'agit de s'appuyer sur l'expérience, de procéder par déduction, pour tirer rigoureusement les lois du monde.
- Toutefois la pensée des Lumières est dévoyée par le contraste entre la démarche scientifique et les conséquences morales que Merteuil en tire. Cette « science » aboutit au **mensonge** et à la dissimulation du libertinage.

> **À NOTER**
> Merteuil se présente comme **un être dont la volonté se réalise instantanément**, ce que souligne la syntaxe qui juxtapose les propositions : « Ressentais-je quelque chagrin, je m'étudiais à prendre l'air de la sérénité. »

III. L'art de la tromperie (l. 24-45, p. 84-87)

- Merteuil poursuit dans la même veine en soulignant sa capacité à **tromper** les autres et à deviner leurs pensées.
- La **maîtrise** qu'elle a acquise s'exprime par le jeu des répétitions, par exemple « ne plus me laisser pénétrer » / « j'y gagnai ce coup d'œil pénétrant ». Elle semble dotée de pouvoirs exceptionnels et se présente comme une héroïne hors du commun.
- Le récit laisse pourtant entrevoir les **failles** du personnage : son savoir n'est pas entièrement fiable, et l'excès d'assurance risque de la perdre.

Conclusion

- Le texte se présente comme un autoportrait flamboyant et fascinant, mais comporte une part de mise en scène très étudiée qui laisse présager la suite du roman : c'est précisément cette lettre, que Valmont rendra publique, qui causera la perte de Mme de Merteuil.
- On peut ainsi rapprocher la marquise de Merteuil et Raphaël de Valentin : ils se retrouvent tous les deux pris au piège de leur désir de toute-puissance.

3 Explication du texte écho 2 • *La Confession d'un enfant du siècle* (Musset)

Introduction

[Situation de l'extrait] *La Confession d'un enfant du siècle* raconte comment le héros, Octave, dix-neuf ans, découvre que sa maîtresse le trompe. Désespéré, il finit par sombrer dans la débauche, à laquelle l'incite son ami Desgenais, dandy cynique – exactement comme Raphaël sous l'influence de Rastignac, après qu'il a été éconduit par Fœdora. Mais le roman de Musset commence par une réflexion sur la génération romantique, atteinte du « mal du siècle ». **[Problématique]** En quoi est-ce à partir du sentiment de vivre dans une époque qui n'est que destruction, vide et néant que Musset parvient à créer une nouvelle vision du monde et à inventer un nouveau style littéraire ?

I. Une ère de transition (l. 1-4, p. 88)

- Le début du texte repose sur la distinction entre **trois époques** : le passé monarchique révolu, l'avenir radieux encore non advenu et, entre les deux, un présent morne et terne.
- Musset multiplie les **antithèses** (« ruines », « fossiles », « débris », d'une part, « aurore », « clartés », « semence », d'autre part). L'impression qui s'en dégage est celle d'un monde confronté à des forces contraires, à de violents conflits.
- Les **métaphores**, comme celle du navire flottant sur l'océan au milieu de la tempête (« houleuse ») et des périls (« naufrages »), expriment une vision subjective. Loin d'écrire un traité froid et objectif, Musset peint un tableau grandiose et spectaculaire, propre à susciter l'émotion.

II. Le désarroi d'une génération (l. 15-32, p. 86-89)

- Musset insiste ici sur le **présent**, qu'il évoque dans des termes éloignés de tout réalisme : il introduit de nouvelles images empruntées notamment à la mythologie (Pygmalion) ou à la légende (la jeune mariée embaumée).
- Les images évoquant le présent et l'avenir déclinent de façon plus concrète l'**antithèse de la vie** (« sang », « fœtus ») et de la mort (« marbre », « momie »).
- On constate cependant une évolution : le présent n'est plus une ère de transition entre vie et mort, il est de plus en plus gagné par la mort. Le présent est en effet un « spectre » ou un « squelette ». Il s'en dégage une vision du monde **désespérée**.

III. Napoléon, dernier soubresaut de l'histoire (l. 33-42, p. 89)

- Musset décrit un **événement historique** essentiel : le règne de Napoléon Ier, qui apparaît comme un bouleversement extraordinaire, mais sans lendemain.
- Les métaphores (« cheveux hérissés », « forêt lugubre ») donnent au texte une **tonalité fantastique** (déjà présente dans le « spectre » ou la « momie »).
- Napoléon n'est pas ici mentionné en tant que personnage historique particulier : il est hissé au rang de **mythe.** À la tonalité fantastique se mêle une tonalité **épique** (« Napoléon avait tout ébranlé en passant sur le monde ») qui contribue au caractère grandiose de l'extrait.

Conclusion

- Musset fait ainsi preuve d'une inventivité débordante pour créer un nouveau *topos* littéraire à partir des ruines de l'ancien monde détruit.
- À l'inverse, Raphaël de Valentin et Eugène de Rastignac incarnent remarquablement ces jeunes gens « pleins de force et d'audace », mais condamnés par la restauration de la monarchie à l'impuissance.

MOT-CLÉ

Le mot grec ***topos*** désigne un thème traditionnel en littérature. Par exemple, le mal du siècle est un *topos* du romantisme.

4 Présentation du *Portrait de Dorian Gray* à l'oral

I. Présentation

1. Une histoire fascinante à la tonalité fantastique

- *Le Portrait de Dorian Gray* est le **seul roman écrit par Oscar Wilde.** Dans un style raffiné, il raconte la vie d'un jeune homme d'une beauté exceptionnelle. Son ami, le peintre Basil Hallward, fait son portrait pour immortaliser sa beauté.
- Lord Henry Wotton, dandy cynique qui n'est pas sans rappeler Rastignac, fait remarquer à Dorian Gray que le portrait restera éternellement jeune, tandis que lui subira les outrages du temps. Le héros fait alors le vœu que le portrait vieillisse à sa place...

2. Un conte faustien au service d'une réflexion morale

- Comme Faust qui conclut un pacte avec le Diable, ou Raphaël qui accepte la Peau de chagrin, Dorian se retrouve doté de **pouvoirs extraordinaires**, mais qui finissent par se retourner contre lui.
- Oscar Wilde illustre ainsi une **réflexion morale** : l'innocence et la perfection qui semblent se refléter sur le visage de Dorian Gray sont trompeuses. Seul le portrait, qui s'enlaidit au fil du temps, est le vrai miroir de son âme.

> **CONSEIL**
> Travaillez en amont votre présentation du texte, mais attention à ne pas réciter mécaniquement un texte appris par cœur. Un peu de **spontanéité** sera appréciée.

II. Les raisons de mon choix

1. Une réflexion ambiguë

- Dorian Gray est pris entre **deux modèles** : la création artistique et la conscience morale de Basil, d'une part, la destruction de soi et la tentation du mal de lord Henry, d'autre part.
- Le roman, en se focalisant sur Dorian Gray, ne donne cependant pas de leçon toute faite. Le lecteur reste libre de se forger sa **propre interprétation.**

2. Un récit captivant

- Le récit est très prenant : comme Raphaël de Valentin, Dorian Gray est engagé dans une **lutte contre ses propres désirs** qui le mènent à sa perte.
- Le récit a aussi son **caractère énigmatique** : il ne dit pas toujours quels sont les actes immoraux que commet Dorian Gray, ce qui les rend d'autant plus inquiétants.

3. Des enjeux actuels

- Cette réflexion sur la beauté, l'hypocrisie et **les apparences** fait écho à des préoccupations contemporaines, à l'heure où chacun se met en scène dans les *selfies* et sur les réseaux sociaux.

5 Entretien à la suite de la présentation du *Portrait de Dorian Gray*

1. Un roman de l'énergie

- Le héros, Dorian Gray, subit une **perte d'énergie vitale et morale**, car il s'adonne à la débauche, et ce d'autant plus librement qu'il est persuadé qu'elle n'aura aucune conséquence sur lui. Quand le roman s'achève, le héros est, intérieurement, un vieillard, voire un cadavre, de 38 ans.

2. Création et destruction

- Le roman met en scène **un personnage qui se détruit lui-même**, sous l'influence de son ami lord Henry qui l'incite à l'immoralité. À l'inverse, le personnage de Basil, le peintre, incarne à la fois la force morale et la **puissance de création**.
- Toutefois, les choses sont un peu plus complexes : c'est Basil, en faisant prendre conscience à Dorian Gray de sa beauté, qui le pousse involontairement sur la pente du mal. La création (artistique) est **à l'origine de la destruction** (morale).

3. Points communs avec *La Peau de chagrin*

- Comme dans *La Peau de chagrin*, un **objet surnaturel** va causer la perte d'un jeune homme doué de certains dons, mais **dépourvu de force morale** face aux tentations. Toutefois, Dorian est un personnage bien plus ténébreux et inquiétant que Raphaël : il commet les actes les plus vils et sombre dans le crime.

CONSEIL

La question des **points communs entre œuvre du programme et lecture cursive** permet de vérifier votre connaissance des deux œuvres. Réfléchissez-y pendant votre lecture.

6 Traiter des sujets de **dissertation**

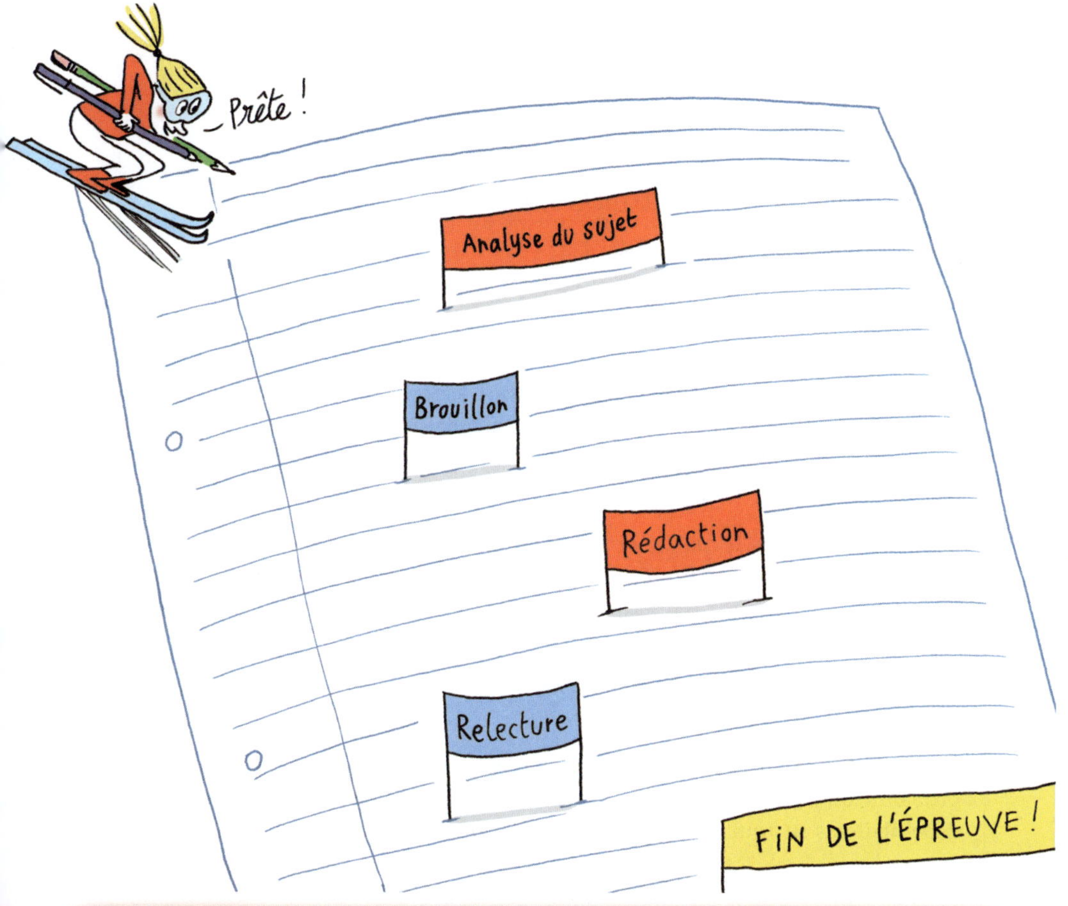

23 Analyser un sujet de dissertation

Dans une dissertation, vous devez montrer que vous avez compris les principaux enjeux de l'œuvre, mais avant tout répondre au sujet.

Sujet 1

Le sujet est une question sur l'œuvre

Dans quelle mesure *La Peau de Chagrin* est-il un roman de l'ambition ?

Étape 1 Définir les termes-clés

- L'ambition désigne l'état d'esprit de quelqu'un qui cherche à s'élever dans la société. Il faut se demander ce que cherche l'ambitieux : par exemple, la richesse, la reconnaissance, le pouvoir.
- On peut se demander également qui sont les ambitieux dans le roman : Raphaël, Rastignac, Fœdora ? On peut même élargir la question à l'auteur : quelle est l'ambition de Balzac quand il écrit ce roman ?

Étape 2 Interroger les termes

- Si vous choisissez le plan thématique, il faut vous demander quels sont les différents sens du mot « ambition », du plus simple au plus complexe.
- Si vous choisissez le plan dialectique, il faut montrer que l'œuvre est plus complexe qu'il n'y paraît : le roman montre des personnages peu ambitieux, tel Raphaël. Rastignac, personnage type de l'ambitieux, est ici un viveur.

Étape 3 Formuler le problème

- Le but de l'analyse est de reformuler le sujet afin de faire apparaître le problème qu'il pose. Pourquoi y a-t-il si peu d'ambitieux dans ce roman : ne dépeint-il pas surtout un monde où l'ambition est impossible ?

→ **exercice 1, p. 104**

Sujet 2

Le sujet est une citation sur l'œuvre

Balthazar Claës dans *La Recherche de l'absolu* déclare : « Toute vie implique une combustion. » Cela vous paraît-il valable pour *La Peau de chagrin* ?

Étape 1 Définir les termes-clés

- « Combustion » est utilisé ici métaphoriquement pour désigner la vie.
- Il faut donc chercher les équivalents de chaque élément de la définition. Si la vie est combustion, quel est le corps combustible ? le comburant ? Que produit cette réaction ?

Étape 2 Interroger les termes

- Dans un plan thématique, il faut vous demander quels sont les différents sens de la métaphore « combustion », du plus simple au plus complexe.
- Dans un plan dialectique, il faut montrer que l'œuvre est plus complexe qu'il n'y paraît : le roman montre des personnages s'épuisant (*se consumant*) dans des passions stériles, mais dont les passions *rendent* l'existence *flamboyante*.

Étape 3 Formuler le problème

- Il s'agit de faire apparaître cette tension entre la dimension destructrice (la vie comme dépense d'énergie qui s'achève dans la mort) et la dimension créatrice (la vie comme production, par le travail, la pensée ou l'art).

→ **exercice 2, p. 104**

Sujet 3

Le sujet est une question sur le thème du parcours

Êtes-vous d'accord pour dire que le thème de la destruction, plutôt que celui de la création, est le plus susceptible de donner de l'intensité à un roman ?

Étape 1 Définir les termes-clés

- Il faut commencer par se demander ce que recouvrent les thèmes de la destruction (mort, maladie, guerre…) et, à l'inverse, ceux de la création (création artistique et, plus généralement, naissance, vie, amour…).
- Le mot « intensité » désigne la force avec laquelle quelque chose se manifeste.

> **CONSEIL**
> Étudiez bien **chaque terme du sujet**. C'est souvent le mot que l'on ne remarque pas d'abord qui s'avère le plus important.

Étape 2 Interroger les termes

- On peut penser que la destruction donne de l'intensité au roman si on conçoit que l'action prime : le danger, le conflit, la mort donnent du relief à un récit de fiction.
- Mais il faut se demander si l'intensité peut venir d'autre chose que des thèmes abordés. Par exemple, un roman peut être intense par la profondeur de sa réflexion ou sa puissance symbolique, ce que le thème de la création permet davantage.

Étape 3 Formuler le problème

- On peut reformuler le sujet en soulignant que l'intensité d'un roman est liée à la destruction, qui dynamise l'action et dramatise les enjeux, mais aussi au thème de la création, qui comporte une force symbolique bien plus grande au sein d'une œuvre littéraire.

→ **exercice 3, p. 104**

24 Construire un plan de dissertation

Le plan découle logiquement de l'analyse du sujet. On peut choisir un plan dialectique qui illustre la thèse (I), puis la nuance (II) avant de dépasser la contradiction (III). On peut aussi opter pour un plan thématique qui présente successivement différents arguments en faveur de la thèse.

I Le sujet est une question sur l'œuvre

Sujet 1 Dans quelle mesure *La Peau de Chagrin* est-il un roman de l'ambition ?

1) Choisir le plan

Ce sujet peut être traité à l'aide d'un plan dialectique ou d'un plan thématique.

- Le plan thématique va explorer toutes les facettes de l'ambition dans le roman.
- Le plan dialectique va insister sur le fait que, si l'ambition semble être le moteur de l'œuvre, c'est surtout la frustration de l'ambition qui est mise en scène.

À NOTER
Une question « En quoi... ? » appelle plutôt un plan **thématique**. Une question « Dans quelle mesure... ? » appelle plutôt un plan **dialectique**. Mais ce n'est pas systématique.

2) Construire un plan thématique

- Il faut impérativement éviter le plan catalogue. Seul le I, qui doit donner des exemples de l'omniprésence de l'ambition, peut s'apparenter à un relevé.
- En II, on peut élargir le sujet, montrer que cette omniprésence renvoie à une vision sociale et politique du monde : c'est parce que la Restauration brime les ambitions qu'elles sont exacerbées.
- En III, on peut montrer que le sujet renvoie aussi à l'œuvre dans sa dimension artistique. Balzac a en effet pour ambition de dévoiler l'envers d'une société dans laquelle les artistes ne peuvent pas réussir socialement car seul l'argent compte.

3) Construire un plan dialectique

- Le I doit illustrer le sujet à partir du mot-clé comme dans le plan thématique.
- Le II doit contester le sujet en montrant que Balzac met surtout en scène des personnages humbles, comme Pauline, ou bien résignés, comme Raphaël.
- Le III, pour dépasser cette opposition, doit substituer au mot-clé du sujet un terme similaire mais plus large, permettant d'avoir une vision plus nuancée de l'œuvre. On pourra par exemple soutenir que, plutôt qu'un roman de l'ambition, *La Peau de chagrin* est un roman des intentions : les personnages souhaitent agir mais manquent de l'énergie nécessaire pour y parvenir.

II Le sujet est une citation

Sujet 2 Balthazar Claës dans *La Recherche de l'absolu* déclare : « Toute vie implique une combustion. » Cela vous paraît-il valable pour *La Peau de chagrin* ?

1 Choisir le plan

- Les sujets avec une citation appellent plutôt un **plan dialectique** : on doit discuter un **jugement** sur l'œuvre, montrer en quoi il est valide et en quoi il ne l'est pas.
- Ici, cependant, nous n'avons pas un jugement mais plutôt le **thème** central, ce qui autorise un **plan thématique**.
- On peut tout à fait **combiner plans thématique et dialectique** en étudiant des thèmes qui s'opposent.

2 Trouver les thèmes qui s'opposent

- Il s'agit de trouver **deux aspects qui s'opposent** dans la métaphore de la combustion en déployant les différents sens repérés lors de l'étape de définition des mots-clés.
- On peut ainsi souligner que la combustion a une **dimension destructrice** (l'incendie ravage la forêt), mais aussi **créatrice** (le feu est source de chaleur, d'énergie).

À NOTER
Le **travail sur le parcours effectué dans l'année** vous aide grandement à problématiser ce sujet de dissertation.

3 Dépasser la contradiction

- Si l'on choisit un plan dialectique, le III doit compléter le propos en montrant que la vie n'existe que par la **dialectique entre création et destruction**.
- On peut également appliquer la métaphore à **l'œuvre même** : selon Balzac, l'écriture exige de sacrifier sa vie, mais aboutit à la production d'une œuvre qui résiste au temps.

zoOm

Les connecteurs pour introduire les grandes parties

Plan thématique éviter le catalogue	On n'emploie pas	✘ *de plus, par ailleurs, aussi*
	On préfère	✔ *à première vue, de façon plus générale, plus profondément*
Plan dialectique éviter le simplisme	Pas de plan en	✘ *oui, non, peut-être*
	Mais un plan avec	✔ *certes, néanmoins, donc*

OBJECTIF BAC

L'épreuve écrite de 1re générale vous offre le choix entre un commentaire de texte littéraire et une dissertation sur une des œuvres que vous avez étudiées. Afin de vous entraîner à cet exercice, nous vous proposons ici trois sujets de dissertation possibles sur *La Peau de chagrin*.

1 Dissertation • Un roman de l'ambition

→ FICHES **23** et **24**

Dans quelle mesure *La Peau de Chagrin* est-il un roman de l'ambition ?

Vous répondrez à cette question dans un développement organisé. Votre réflexion prendra appui sur *La Peau de chagrin*, sur le travail mené dans le cadre du parcours associé et sur votre culture littéraire.

CONSEIL

Aidez-vous des indications données dans les fiches 23, pour l'analyse du sujet, et 24, pour la recherche et l'organisation des idées.
Vous pouvez opter pour un plan dialectique en deux parties.

2 Dissertation • La vie comme combustion

→ FICHES **23** et **24**

Balthazar Claës dans *La Recherche de l'absolu* déclare : « Toute vie implique une combustion. » Cela s'accorde-t-il avec votre lecture de *La Peau de chagrin* ?

Vous répondrez à cette question dans un développement organisé. Votre réflexion prendra appui sur *La Peau de chagrin*, sur le travail mené dans le cadre du parcours associé et sur votre culture littéraire.

CONSEIL

Aidez-vous des indications données dans les fiches 23, pour l'analyse du sujet, et 24, pour la recherche et l'organisation des idées.
Vous pouvez opter pour un plan thématique en deux parties. N'oubliez pas que vous pouvez aussi choisir deux thèmes qui s'opposent afin d'éviter le catalogue de thèmes.

3 Dissertation • Destruction et intensité romanesque

→ FICHE **23**

Êtes-vous d'accord pour dire que le thème de la destruction, plutôt que celui de la création, est le plus susceptible de donner de l'intensité à un roman ?

Vous répondrez à cette question dans un développement organisé. Votre réflexion prendra appui sur *La Peau de chagrin*, sur le travail mené dans le cadre du parcours associé et sur votre culture littéraire.

→ **Les clés pour réussir, ci-contre.**

LES CLÉS POUR RÉUSSIR

Analyser les termes du sujet 3

- « destruction » : anéantissement de quelque chose, immédiat (mort) ou progressif (maladie).
- « création » : capacité à faire naître quelque chose de nouveau ; en particulier, création artistique et, plus généralement, naissance, renouveau, vie.
- « intensité (romanesque) » : force des émotions engendrées par la lecture du roman.

Formuler la problématique

L'intensité romanesque est-elle surtout liée à la destruction, qui permet de dynamiser l'action et de rendre les enjeux du roman plus dramatiques ?

Trouver des idées, les organiser

On proposera, dans le cadre de cet exercice, un plan dialectique en trois parties.

1 Certes, le thème de la destruction semble le plus propice à susciter l'intérêt romanesque

- Montrez que, dans *La Peau de chagrin*, le suspense est lié aux menaces qui pèsent sur Raphaël.
- Dans quels autres textes étudiés dans le cadre du parcours est-ce également le cas ?

2 Toutefois, le thème de la création est également susceptible de captiver

- Quels sont les moments du roman où la création est présente ?
- Dans quelle mesure création et destruction doivent-elles coexister pour donner de la force à l'intrigue ?

3 L'intensité du roman tient en fait à autre chose qu'à son intrigue : à une vision du monde singulière

- Dans quelle mesure ces deux processus ont-ils d'abord et avant tout une fonction symbolique dans la pensée de Balzac ?
- En quoi l'écriture même de Balzac tire-t-elle son intensité de l'affrontement entre création et destruction ?

CORRIGÉS

OBJECTIF BAC

Les corrigés des dissertations sont présentés sous forme de plans.

1 Dissertation • Un roman de l'ambition

Introduction

[Amorce] « L'ambition est comme la mort, elle doit mettre sa main sur tout, elle sait que la vie la talonne », écrit Balzac dans *Une fille d'Ève*. **[Reformulation du sujet]** L'ambition, omniprésente dans l'œuvre de Balzac, devrait logiquement être au cœur du premier roman signé de son nom, *La Peau de chagrin*. **[Problématique]** *La Peau de chagrin* est-il cependant un roman de l'ambition ? Ou bien nous donne-t-il à voir des ambitions contrariées pour montrer que l'ambition est une chimère ? **[Annonce du plan]** On verra que, si l'ambition est exacerbée dans *La Peau de chagrin*, c'est parce qu'elle est condamnée à l'échec.

I. En apparence, l'ambition est le principe moteur du roman

1. Une galerie d'ambitieux

- **Raphaël de Valentin** peut être vu comme un **ambitieux sentimental** : s'il écrit la *Théorie de la volonté*, c'est pour en tirer gloire, argent et amour. « J'étais la proie d'une excessive ambition », confesse-t-il à Émile.
- **Rastignac** apparaît comme un **ambitieux hédoniste**, qui apprend à Raphaël comment s'infiltrer dans la société ou s'enrichir en jouant et en contractant des dettes.
- **Fœdora** incarne l'**ambitieuse hypocrite** : elle se montre aimable avec Raphaël dès qu'elle a besoin de lui et de l'appui de son cousin, le duc de Navarreins.

2. Une société gouvernée par l'ambition

- La Peau de chagrin sert de **révélateur des ambitions** : ainsi, lors du dîner chez Taillefer, les convives s'amusent à faire des souhaits qui tournent tous autour de l'argent et de la réussite sociale.
- C'est pourquoi, dans l'épilogue, l'ambitieuse **Fœdora** apparaît comme le **symbole de la société**, par opposition à Pauline, dépourvue de toute ambition.

> **CONSEIL**
> **Distinguez et nuancez les termes** : l'ambition est un type de désir particulier, qui concerne l'individu et sa place dans la société.

[Transition] Si l'ambition semble omniprésente dans *La Peau de chagrin*, il faut constater qu'**aucun personnage ne parvient au succès**. Faut-il alors considérer que Balzac n'évoque l'ambition que pour montrer qu'elle est condamnée à l'échec ?

II. En réalité, le roman montre surtout que l'ambition est condamnée

1. Un roman de l'échec et de la frustration

- **Raphaël** voit ses ambitions rapidement réduites à néant : il ne publie pas son livre, il ne conquiert pas Fœdora. Même en possession d'un talisman qui exauce tous ses souhaits, il court à sa perte.

- **Rastignac** non plus n'a guère de perspective d'avenir : il vit au jour le jour, dans une situation précaire à laquelle il paraît résigné.
- **L'antiquaire** est le seul qui semble échapper à l'échec généralisé. Il affirme au début du roman que le savoir lui a permis de se tenir à l'écart des ambitions humaines : « Ce que les hommes appellent chagrins, amours, ambitions, revers, tristesse, sont pour moi des idées que je change en rêveries ; [...] au lieu de leur laisser dévorer ma vie, je les dramatise. »

2. L'ambition politique et sociale du romancier

- La seule ambition réalisée est celle de **Balzac**, qui écrit et publie ce roman, dans lequel il montre que la Restauration condamne la jeunesse pauvre à l'impuissance.
- Raphaël aurait dû recevoir l'argent, la gloire et les honneurs pour sa *Théorie de la volonté*. Mais cette société n'accorde aucune place au talent ou à l'intelligence, qui devraient permettre de s'élever. L'**ambition du savant ou de l'artiste**, ignorés par la société, est la seule légitime, selon Balzac.

Conclusion

[Synthèse] *La Peau de chagrin* n'est donc pas un roman de l'ambition, mais un roman des intentions, des projets et des chimères de jeunes gens que la Restauration a privés de l'énergie nécessaire pour être ambitieux. **[Ouverture]** Rastignac changera cependant rapidement de camp : dans *La Maison Nucingen* (1838), il apparaît de nouveau comme l'ambitieux dont *Le Père Goriot* (1835) raconte la genèse.

2 Dissertation • La vie comme combustion

Introduction

[Amorce] « Pour Balzac, toute existence [...] peut se rêver comme incendie », affirme le critique littéraire Jean-Pierre Richard. **[Reformulation du sujet]** Balzac semble lui donner raison quand il fait dire à Balthazar Claës dans *La Recherche de l'absolu* : « Toute vie implique une combustion. » **[Problématique]** Si la combustion évoque d'emblée la destruction, car elle consiste à réduire un combustible à néant, ne faut-il pas la comprendre aussi comme une métaphore de la vie en tant que production et création ? **[Annonce du plan]** On verra que, si *La Peau de chagrin* met en scène des personnages qui consument leur vie en pure perte, elle montre aussi que la vie humaine peut être à l'origine de grandes réalisations.

I. La vie semble être une dépense d'énergie qui aboutit au néant

1. Des personnages qui s'épuisent en vain

- **Raphaël de Valentin**, après s'être économisé pendant trois ans, dépense brutalement tout son argent et toute son énergie dans des passions vaines : l'amour envers Fœdora, la débauche, le jeu.
- **Rastignac**, de même, incarne le « viveur », qui ne cesse de s'agiter, allant de débauches en mondanités. Cette « dissipation » ne produit strictement rien (sinon des dettes).

> **CITATION**
> Même pendant ses années de vie austère, Raphaël, « gardant en [lui] des **feux qui [l]e brûlaient** », sentait parfois ces désirs se réveiller « comme un **incendie** longtemps couvé ».

▸ **L'antiquaire** est l'un des rares personnages à sembler échapper à cette loi : son savoir lui permet de vivre dans un « perpétuel état de calme ».

2. La vie comme processus de destruction de soi

▸ C'est d'ailleurs l'antiquaire qui formule la leçon du roman : « *Vouloir* nous brûle et *Pouvoir* nous détruit. » La Peau de chagrin combine **vouloir et pouvoir** en réalisant les désirs. C'est un symbole de la vie en tant que processus de destruction de soi.

▸ Le médecin des eaux d'Aix-les-Bains explique que, puisque que la respiration constitue « une véritable combustion », Raphaël est, au sens littéral, « suroxygéné par la **complexion ardente**[1] **des hommes destinés aux grandes passions** ». Raphaël brûle littéralement trop d'air, ce qui expliquerait sa maladie !

[Transition] Mais vivre, **est-ce seulement se consumer** ? Ne reste-t-il au bout du compte qu'un peu de fumée et de cendres ? La combustion est un phénomène qui crée **de l'énergie, de la chaleur, et même de la beauté** : n'en va-t-il pas de même de la vie dans *La Peau de chagrin* ?

II. Mais la vie est aussi productrice d'énergie créative

1. Une dépense d'énergie nécessaire pour vivre intensément

▸ Une vie qui ne serait pas une dépense d'énergie ne serait pas vraiment une vie : l'**existence mécanique** de Raphaël dans son hôtel rue de Varenne fait de lui un simple automate.

▸ Les personnages les plus marquants de Balzac sont au contraire **des êtres de feu :** le fascinant Vautrin dans *Le Père Goriot* est qualifié de « volcan humain », capable de contenir son feu intérieur, mais aussi d'entrer en éruption.

2. La transformation de l'énergie en beauté plus ou moins durable

▸ La combustion peut **créer de la beauté** : dans l'épilogue, un « peintre inconnu », peignant un feu de cheminée, représente en fait une femme sublime. Pauline est cette « fleur de la flamme », car toute son énergie passe dans son amour pour Raphaël.

▸ La vie, enfin, n'est pas nécessairement une flambée éphémère : Balzac lui-même dépensait son énergie à écrire des œuvres à une vitesse folle, mais ces œuvres sont finalement autant de **monuments durables.**

Conclusion

[Synthèse] La vie, chez Balzac, implique donc bien une « combustion », mais cette combustion produit de l'énergie que chacun est libre d'utiliser à sa guise, pour tout réduire en cendres ou bien pour produire une œuvre. **[Ouverture]** Il s'agit d'apprendre à maîtriser la combustion : comme l'écrit Balzac dans *Les Martyrs ignorés*, « la vie est un feu qu'il faut couvrir de cendres ».

3 Dissertation • Destruction et intensité romanesque

Introduction

[Amorce] On dit souvent qu'un bon roman est celui où il y a de l'action : on entend par là des rebondissements, des accidents, des périls, voire des morts. **[Reformulation du sujet]** On serait donc logiquement tenté de penser que le thème de la

1. On note un jeu sur l'adjectif « ardent » qui vient du latin *ardere*, « brûler ».

destruction, plutôt que celui de la création, est le plus susceptible de donner de l'intensité à un roman. **[Problématique]** Mais tout dépend de ce qu'on entend par « intensité » : s'agit-il de la force de l'intrigue, ou bien l'intensité est-elle liée à des aspects plus profonds du roman ? **[Annonce du plan]** On verra que, certes, le thème de la destruction semble le plus propice à susciter l'intérêt romanesque mais que, toutefois, le thème de la création est également susceptible de captiver. C'est que l'intensité du roman tient en fait à autre chose qu'à son intrigue : à une vision du monde.

I. Certes, le thème de la destruction semble propice à susciter l'intérêt

1. La dramatisation des enjeux

- Le thème de la destruction permet une **dramatisation du roman** en amplifiant ses enjeux : l'histoire de Raphaël de Valentin est captivante parce qu'il est en danger de mort dès sa tentative de suicide dans les premières pages du roman.
- Même l'amour ne devient romanesque que s'il est **menacé d'anéantissement**, par exemple lorsque le bonheur insouciant de Pauline et Raphaël est interrompu par le jardinier qui a retrouvé la Peau de chagrin dans un puits.

2. Le dynamisme de l'intrigue

- Une intrigue dynamique ménage des **conflits** et des **contrastes**. Raphaël, après trois ans d'étude, se détruit dans sa passion pour Fœdora puis dans la débauche ; Julien Sorel (dans *Le Rouge et le Noir*, de Stendhal), ayant construit sa réussite sociale, tire sur Mme de Rênal et finit en prison.
- La destruction est essentielle aux **rebondissements**. Raphaël croit ainsi échapper au maléfice de la Peau de chagrin, mais un événement vient toujours bouleverser ces pauses temporaires.

[Transition] On peut toutefois se demander si une telle vision n'est pas superficielle. Le thème de la création ne peut-il pas, à sa façon, donner de l'intensité au roman ?

II. Toutefois, le thème de la création est également susceptible de captiver

1. La production d'émotions

- Le thème de la **création au sens large** engendre des émotions tout aussi intenses : ainsi l'amour naissant de Pauline envers Raphaël suscite, non l'inquiétude face à un danger mortel mais, de la part du lecteur, l'espoir d'une union heureuse.
- La **création au sens strict** suscite aussi des émotions puissantes : dans *Illusions perdues*, D'Arthez incarne le véritable créateur qui écrit une grande œuvre, suscitant empathie et admiration. Dans *La Peau de chagrin*, son équivalent est le médecin Bianchon.

CITATION

« Horace Bianchon, homme plein d'avenir et de science […] bâtira peut-être le monument pour lequel les siècles précédents ont apporté tant de matériaux divers. »

« L'Agonie ».

2. Deux thèmes inextricablement liés

▸ En réalité, **création et destruction ne peuvent exister séparément**. Le roman n'est jamais aussi intense que lorsqu'il met en scène le conflit entre ces deux thèmes : *La Peau de chagrin* se termine sur l'image de Raphaël mourant de trop désirer Pauline.

▸ C'est pourquoi nombre de romans mettent en scène **des créateurs détruits par leur obsession**, qu'elle soit scientifique, comme dans *Louis Lambert* de Balzac, ou artistique, comme dans *L'Œuvre* de Zola.

[Transition] Ne faut-il pas dès lors considérer que l'intensité romanesque tient plus à l'originalité de l'écriture qu'à tel ou tel thème ?

III. L'intensité du roman tient en fait à sa vision du monde

1. Destruction et création : un couple symbolique

▸ Le couple destruction-création a une fonction avant tout symbolique. Il renvoie à un schéma profondément ancré dans la pensée humaine : dans *Le Portrait de Dorian Gray*, par exemple, c'est le **mythe de la jeunesse éternelle**.

▸ Ce qui donne son intensité au roman est donc davantage la façon dont il parle à l'imaginaire de chacun que son intrigue. C'est le **combat entre la vie et la mort** qui rend le roman si fascinant.

2. L'écriture intense de Balzac

▸ L'écriture participe aussi à l'intensité du roman. Multiplicité des personnages, abondance des références : Balzac est souvent comparé à un ogre qui dévore la réalité pour produire son **œuvre foisonnante**.

▸ Aussi le roman conserve-t-il son intensité dans la manière dont il prétend représenter **la totalité du monde**, même dans les moments où il ne se passe rien, comme le dîner chez Taillefer, où il est question de création et de destruction dans les débats sur la Restauration et sur les aspirations de la jeunesse à un autre régime.

Conclusion

[Synthèse] Si le thème de la destruction dynamise l'intrigue et dramatise ses enjeux, celui de la création donne au roman une profondeur symbolique qui participe à l'émotion. On est ainsi sensible à la force de l'imaginaire et à la puissance de l'écriture de l'auteur. **[Ouverture]** C'est pourquoi on peut tout à fait rêver, comme Flaubert, d'écrire « un livre sur rien », sans création ni destruction, et « qui se tiendrait de lui-même par la force interne de son style » (lettre à Louise Colet, 16 janvier 1852).

Table des illustrations

2	- h	ph©	Bridgeman Images
2	- m	coll.	BNF / Archives Hatier
2	- b	ph©	Nelson Atkins Museum / Aurimages
3	- m	Coll.	Christophel © 2021 Gaumont - Curiosa Films - France 3 Cinema – Pictanovo - Gabriel - Umedia
5		coll.	Archives Hatier
13		ph©	Bridgeman Images
15		coll.	Archives Hatier
17		Coll.	Archives Hatier
19		ph©	Giancarlo Costa / Bridgeman Images
20		coll.	Archives Hatier
23		ph©	Bridgeman Images
25		coll.	BNF / Archives Hatier
27		©	2010 Condor
29		ph©	akg-images
31		coll.	Maison de Balzac / CCØ Paris-Musées
33		coll.	BNF / Archives Hatier
43		ph©	Nelson Atkins Museum / Aurimages
81		coll.	Christophel © 2021 Gaumont - Curiosa Films - France 3 Cinema Pictanovo – Gabriel - Umedia
83		coll.	Christophel © 2021 Gaumont - Curiosa Films - France 3 Cinema - Pictanovo – Gabriel - Umedia
85		ph©	Bridgeman Images
91	- h	©	2001 j'ai lu
91	- b	©	2011 Folio N° 5199 Gallimard

PAPIER À BASE DE FIBRES CERTIFIÉES

Hatier s'engage pour l'environnement en réduisant l'empreinte carbone de ses livres. Celle de cet exemplaire est de :
400 g éq. CO_2
Rendez-vous sur www.hatier-durable.fr

Achevé d'imprimer en Espagne par Macrolibros
Dépôt légal 08636 - 4/02 - Octobre 2022